KB186377

연극과 놀이 정신

마 광 수 지음

연극과 놀이 정신

마 광 수 지음

철학과현실사

머리말

연극은 '놀이'다

'놀이'는 흔히 유한계급의 사치스러운 도락으로 이해되기 쉽다. 계몽주의 시대의 사상가들은 사회적 불평등이 없으면 여가를 가진 인간이 존재할 수 없다고 보아 '놀이'를 극력 배척했다. 특히 루소의 생각이 그랬는데, 그는 놀이와 문화를 똑같은 것으로 간주하여 문화의 발달은 인간의 불평등을 확대시킨다고 주장했다. 문화란 귀족계급의 사치스러운 여가 이용 방법에 불과하다는 이유에서였다.

이러한 주장은 어느 정도 일리가 있다. 그러나 그들의 생각은 놀이의 개념보다 문화의 개념에 치우쳐 있었고 '문화'를 '고급스러운 철학이나 예술'과 동일시하고 있었다. 그들은 '민중적 저급성'이 문화와 예술의 개념 안에 포함될 수 있다는 사실을 미처 깨닫지 못했다. '천박한 아름다움'이나 '그로테스크한 아름다움'이 미(美)의 범주에 포함되어야 한다는 주장이 나온 것은 19

세기 중반에 들어서였다. (특히 빅토르 위고는 그의 희곡 『크롬웰』 서문에서 그로테스크의 미야말로 현대 연극의 핵심이라고 선언했다.) 계몽주의 시대까지만 해도 고전주의적 숭고미(崇高美)의 개념이 사람들의 예술관을 지배하고 있었던 것이다.

20세기 전반기의 문화이론가 호이징하는 문화의 개념보다 놀이의 개념을 중시하여, 합리주의(또는 계몽주의) 시대 이후 '암흑시대'로 규정된 중세기를 재평가해야 한다고 주장하고 있다. 그는 중세의 '바보제(祭)'나 '기사도 풍습' 등을 '연극적 놀이'의 형태로 규정하고, 민중적 저급성과 마술적 상상력이 결합된 중세의 연극 문화가 인류를 훨씬 행복하게 해주었다고 말한다. 호이징하 이전에도 중세기의 황당무계한 공상적 민담인 '로맨스(romance)'는 낭만주의(romanticism)의 어원으로까지 격상되는데, 그 까닭은 합리주의 시대의 건조한 이성주의에 대한 반동(反動) 때문이었다고 볼 수 있다.

인간사회의 불평등이 지배계급(또는 유한계급)을 낳았고, 지배계급의 관념적 문화가 민중의 수탈을 합리화시킨 것은 사실이다. 그러나 인간이 갖고 있는 '놀이 본능'은 문화와는 별개로 지배계급과 피지배계급 누구에게나 자리 잡고 있다. 다만 그것이 계급성분에 따라 달리 나타날 뿐인데, 이를테면 지배계급에게는 장엄한 정통 연극을 공연하거나 감상하는 것이 놀이이고, 피지배계급에게는 소위 저속한 개그 연극을 하거나 보는 것이 놀이인 것이다.

최근 '대중문화'에 대한 관심이 고조되고 예전엔 저급한 포르노로 멸시되던 노골적 성애(性愛) 예술에 대한 재평가가 시도되는 것은, 민중적 놀이를 '문화적 놀이'의 개념 안에 포함시켜야 한다는 생각이 지식인들 사이에서 싹트고 있기 때문이라고 할 수 있다. 고상한 관념적 문화든 저급한 육체적 문화든, 그것은 모두 '놀이'의 다른 양태에 불과하다고 보는 것이다.

인간의 '놀이 욕구'의 심리적 근저(根底)를 형성하고 있는 것은 역시 성적(性的) 쾌락에 대한 갈망이라고 볼 수 있다. 예로부터 인류에게 가장 보편적인 놀이로 개발된 '춤'은 그 기본 골격이 성교와 애무의 몸짓으로 되어 있다. 또한 모든 연극 역시 '사랑'이 주제로 되어 있는데, 연극의 소재가 육체적 사랑일 때는 저급한 놀이로 취급되고 정신적 사랑일 때는 고상한 예술로 취급되었을 뿐이다. 이것은 춤도 마찬가지다. 고상한 예술로 취급되는 발레의 몸동작이나 대중적 오락 정도로 취급되는 디스코의 몸동작은 둘 다 에로틱한 선정성에 기초하고 있는 것이다.

지배계급은 언제나 민중들의 놀이를 저급한 통속물(通俗物)로 간주하여 억압하거나 규제한다. 성적 표현물들이 가장 좋은 예인데, 지배 엘리트들이 포르노니 외설이니 해가며 법적 처벌까지 자행하는 '성적 대리배설'을 위한 놀이 도구들(책, 영화, 비디오 등)은 사실 가장 민중적인 놀이에 속하는 것이다.

지배 엘리트들은 그들만이 즐기는 사치스러운 고급예술만이 '진정한 문화'라고 강변하며 민중들의 진솔한 놀이 욕구를 억제시킨다. 그리고 일만 시키고 놀지는 못하게 하는 강력한 '근면 이데올로기'를 조작하여 민중들에게 주입시키는데, 모든 사회적 억압의 토대는 바로 이 '근면 이데올로기'로부터 비롯된다고 볼 수 있다.

아직도 우리 사회에는 '놀이'를 삐딱한 시선으로 바라보는 사람들이 많다. 지배 엘리트들일수록 그런 시각을 갖고 있는데, 민중문화를 그토록 부르짖어 대며 대학 축제를 '대동제(大同祭)'로 바꾼 대학생들조차도 대동제 행사의 연극 내용을 딱딱한 고전극이나 정통 사실주의 연극 등으로 채우는 경우가 많다.

연극이 진정한 참여의 장(場)이 되려면 '무조건 놀자판'이 되어야 한다. 그것이 바로 '민중적 연극'의 본질이요 핵심이기 때문이다. 일(즉 노동)과 사랑(즉 섹스), 그리고 놀이가 혼연일체가 될 때 거기서 민중적인 예술과 연극이 생겨나는 것이며, 모든 예술이 그런 성격을 지닐 수 있을 때 비로소 '억압적 문화'가 사라질 수 있다.

2009년 1월

馬 光 洙

차 례

연극에 있어서의 상징적 통일

동서양 연극의 비교를 통한 연극 정신의 일원화 모색

1.

우리가 연극의 외적(外的)인 양태(樣態)에만 집착하는 한, 그 연극은 연극이 피상적으로 전달하려던 것, 전달하기 위하여 생각해 내었던 것 이상의 그 무엇을 우리에게 전달해 주지 않는다. 연극의 외적 양태란 연극이 가지는 여러 가지 형식적 요소들, 즉 배우의 언어적 표출에 의한 대사, 무대장치, 조명, 의상 등을 말한다. 또 그 위에 스토리의 극적(劇的) 전개라는 부수적 요소가 덧붙여진다.

연극의 줄거리가 어떻다든지, 배우의 연기가 실제와 같다든지 하는 요소들만이 관객에게 감동을 줄 수 있는 연극의 중요한 부분이 되어 버린다면 그 연극은 본래의 목적을 상실해 버리고 말 것이다. 아리스토텔레스가 『시학(詩學)』을 최초의 연극이론서로 발표한 이후부터, 그것은 바로 서구 연극이 지금껏 드러내왔던 한계였다. 그들은 연극 행위의 가장 중요한 포인트로 감정이입을 내세웠다. 현실을 충실히 모방하여 그대로 무대 위에 재현(再現)하는 것만으로 연극의 효용과 가치를 찾으려고 했던 것이다. 그러나 그렇게 사실성에만 바탕을 둔 연극이, 현상적(現象的) 사실을 뛰어넘어 현상 이전(以前)의 본체(本體)와 실상(實相)의 신비로운 세계를 암시해 줄 수는 없는 것이다. 연극도 예술의 한 장르인 만큼, 연극은 현실의 세계에만 머물러 있어서는 안 된다. 우리의 일반적 인식방법으로는 체득할 수 없는 우주적 진리에 대한 추구와 모색을 해보는 것이 예술이기 때문이다.

사람들은 예술을 통해서 무언가 자신과 주위 세계와의 교감을 구하려고 하며 실상(實相)의 세계에 접근하려고 시도한다. 예술은 일종의 교환소(交換所)의 역할을 하고 있다. 즉, 실재의 모든 것은 수리과학이나 일상적 언어 등의 채널을 통해서는 터득될 수가 없으므로, 실재적 본질의 세계는 '예술'의 채널을 통해서만 우리의 현상적 감각의 세계와 서로 접합(接合)될 수 있다. 그것은 예술이 '상징'을 가장 많이 그 표현방법으로 쓰고 있으며, 상징이야말로 감추어진 실재(實在)의 지평을 열어 보일 수 있는 것이기 때문이다. 상징을 통해서만 우리는 실재 자체의 심층적 차원을 경험할 수 있다.

그렇다면 이러한 '상징적 교환소'의 역할을 가장 직접적으로 해낼 수 있는 예술양식은 무엇일까? 그것은 역시 연극이라고 말할 수밖에 없다. 연극은 가장 강력하고 직접적인 예술형식을 제시해 준다. 강력하다는 말을 쓴 것은, 연극이 다른 인간들의 말과 행동을 바로 눈앞에서 보고 듣게 할 뿐 아니라, 누구에게나 어필하기 때문이다.

문학이라는 예술형식은 문학에 대한 해득력과 언어를 통한 추상적 · 관념적 이해력을 필요로 한다. 미술이나 음악은 더 국한된 심미안(審美眼)이 필요하다. 그러나 연극은 어떤 인간에게나 가능한 것이다. 한국의 전통적 탈춤은 연극에 대한 심미안이 없는 서민층에게도 즐거운 '놀이'로서 공연되었다. 비단 상연 행위를 전제로 하지 않더라도 어린아이들의 놀이조차 그것은 훌륭한 연극적 요소를 가지고 있다. 어린이들의 노는 모습을 살펴보면 그들에게 얼마나 순수하고 무한한 연극적 창조력이 잠재되어 있는가를 알 수 있다. 그들은 단지 모방할 뿐 아니라, 그들 나름의 방법으로 세계와의 교감을 구하며 우주적 실상의 세계에 접근하려고 노력하는 것이다. 뛰고 소리 지르고 구르는 행위 등을 통해 그들은 모방적 재현이 아닌 수단으로 생명과 사랑과 자연과 우주에 대한 느낌을 표출한다. 이 모든 것을 뭉뚱그려 연극적 '행동'이라고 말할 수 있는 것이다.

바꾸어 말해 '연극'이라는 이름을 알기 이전부터 모든 사람들은 사실상 인생을 살아간다는 것 자체를 연극적인 것으로 일상 속에서 경험한다. 그래서 셰익스피어 시대 이후의 사실주의적 연극에 반기를 들어 연극의 보편적 단순화를 주장했던 막스 라인하르트(Max Reinhardt, 1873-1934)는 다음과 같이 말하였다.

> 또한 연극이 가장 직접적인 예술이라는 것은, 그것이 표현수단을 문자, 음성, 돌, 나무, 캔버스에서 구하지 않고 인간 그 자체에서

구하기 때문이다. 즉, 연극은 무대 위에서 배우와 더불어 사멸한다. 그렇지만 연극은 인간 속에서 태어나고, 항상 인간 속에서 다시 태어나는 본질적이고 정열적인 욕구에 그 기원을 두고 있는 까닭에 그리 쉽사리 사멸하는 것이 아니다. 연극은 어린이들 속에서도 그 자체를 완성하는 까닭에 그들의 놀이는 창조적인 기쁨으로 생동하고 있으며, 또한 연극은 그들이 예술가든 관객이든 간에 어른들 속에서도 살아 있다. 말하자면 연극은 자신을 변모시켜 보려는 불굴의 욕구이며 자신을 드러내 보이려고 하는 초자연적(超自然的)인 충동인 것이다.1)

확실히 연극은 인간이 고래(古來)로부터 갖고 내려온 일상적 생활양식이었다. 연극을 통하여 우주적인 진리를 추리해 보려고 했고, 그것을 상징화(象徵化)하여 직관적으로 체득해 보려고 했던 것이다. 고대 그리스나 로마에 있어서 국가는 최대한의 관심을 기울여 연극예술을 지원하고 장려하였다. 연극 공연은 전 국가를 위한 축제인 동시에 오락적 · 종교적 의식(儀式)이기도 했다.

그것은 동양도 마찬가지다. 우리나라의 고대 제천의식(祭天儀式)에서도 형태는 다르나마 그 자취를 찾아볼 수 있다. 고구려의 동맹(東盟), 동예의 무천(舞天), 부여의 영고(迎鼓) 등이 그것이다. 궁극적 실체에 대하여 어렴풋하게나마 추리해 보려고 하는 인간의 노력은 이같이 자연스럽게 인간의 생활 속에 포섭(包攝)되었던 것이다.

---

1) Max Reinhardt, *Theatre through Reinhardt's Eyes*, New York: Brentano's, 1924.

그러므로 연극에 있어, 있는 것을 다시 모방·재현한다는 것은 연극의 본령이 아니다. 연극은 '재현(represent)'하는 것이 아니라 그 나름대로의 창조적 행동으로 '표현(present)'해야 한다. 연극이 인간에 있어 행동을 주된 표현수단으로 하는 가장 보편적인 예술양식이며, 그것은 극히 평범한 일상성을 통하여, 또 경험의 현실적 계기에 의한 인식현상을 통하여 우리의 인식 가능성을 초월하는 실재(實在)의 영역에 합치시키려는 노력이라는 것이 여기서 다시 한 번 확인되어야 한다. 연극이 모방과 재현의 예술이 아니라 새로운 창조의 예술이라는 것을 재인식하려면 과거의 연극에 대한 중대한 반성을 해야만 하는 것이다.

2.

과거의 서구 연극에 있어, 연극을 전인간적인 전체적 표현형식 아래에 두지 못하고 어떤 국한된 예술형식 아래에 고정시키게 된 것은 — 즉, 보편적 민중 전체를 대상으로 하지 못하고 어떤 특정한 교양인의 유미적 전유물이 되게 만든 것은 — 바로 연극의 핵심을 '언어(言語)'에 두었기 때문이다. 연극, 특히 서구 연극에 있어 희곡을 연극의 가장 중요한 요소로 본 것은, 연극을 현실로부터 유리시켜 지극히 한정적인 것으로 만들어버렸다. 연극은 문자나 색, 음 등의 특정한 매개 재료를 갖고 있지 않은 예술형식인데도 불구하고, 이제껏 많은 사람들은 연극을 대화의 예술로 본다든지 하는 식으로 언어의 비중을 지나치게 중요시하는 오류를 빚었던 것이다. 연극에 있어 이러한 언어의 독재와 불합리성을 심각하게 인식했던 작가 중 한 사람으로 프랑스의 외젠 이오네스코(Eugene Ionesco, 1912-1994)를 들 수 있다. 1977년 4월 17일 한국을 방문했을 때 그는 연극의 미래에 대하여 상당히 의미 깊은 한마디를 던졌다. 그것은 현대 연극에 있어 언어가 가지고 있는 무의미한 역할에 대한 비판이었을 뿐 아니라, 더 폭넓은 비전을 연극에 가져다준 것이었다. 게다가 그것은 우리 한국인이 갖기 쉬운, 우리 연극의 형식적 전통의 결핍에 대한 열등감을 씻어줄 수 있는 고무적인 이야기이기도 했다. 그의 말을 요약하면 다음과 같다.

> 기술은 서양이 앞서 있다. 그러나 지혜는 동양이 앞서 있다고 할 수 있다. 나는 나의 작품에 동양적 선(禪)의 세계를 가미하려고 노력한다. 선에 있어서의 달관의 세계, 침묵의 세계가 바로 나의 작품들, 이른바 '반연극(反演劇)'으로 불리는 것들과 어딘지 내통하고 있는 것 같다. 나는 침묵을 갈망한다. 그러나 아직은 침묵에 이르지 못했다.[2)]

『대머리 여가수』로 대표되는 그의 반연극은 어떤 메시지를 원하지 않는다. 일정한 구성도, 주제도, 무슨 교훈 따위도 배격해 버린다. 단어들은 서로 부딪히며 꺾어지며 뭉그러진다. 현실이란 없다. 꿈, 환상 따위뿐이다. 그는 또한 이데올로기를 가차없이 배격한다. 자유롭지 못하다는 것이다. 그러한 그의 전위적 연극이론의 바탕이 바로 동양적인 것에 모티브를 두고 있다는

---

2) 『동아일보』, 1977년 4월 20일자, 문화면.

것이다.

그가 그의 연극적 기반을 동양적인 것에 두고 있다는 것은 확실히 우리 동양인들에게는 고무적인 이야기라고 할 수 있다. 그리고 이제껏 우리가 막연히 그의 반연극을 단지 '전위적인 것'이라거나 '새롭고 신기한 것'으로만 받아들여 왔다는 것을 생각할 때, 그의 발언은 상당한 반성의 계기를 우리 연극계에 가져다줄 수 있는 것이었다. 그러나 무엇보다도 그가 시사해 준 가장 큰 의의는, 동양이다, 서양이다 하는 식의 관습이나 양식적(様式的) 차이의 벽을 뛰어넘어 무언가 새로운 연극적 통일의 가능성을 보여주었다는 데 있다. 즉, 그는 언어나 기타의 표면적 연극 형태를 초월하는 어떤 궁극적 지향점을 모색해야만 한다는 문제를 던져준 것이다. 그것은 바로 연극이 종래의 잡다하고 비본질적인 표현양식의 방법적 벽을 깨뜨리고, 어떤 원초적 상징의 단일화한 영역으로 복귀해야만 한다는 말일 것이다.

요즘 우리는 뒤늦게 한국적 전통을 찾기에 급급한 나머지, 어떤 세계적인 것에 대한 안목을 오히려 좁혀가고 있는 것 같다. 그러나 이제부터 우리가 애써서 찾아내야 할 것은, 그것이 한국적인 것이라거나 동양적인 것이라거나 하는 식의 지엽적인 것만은 아닐 것이다. 여러 가지의 다양하고 복잡한 연극 형태를 통일시켜서, 어느 시대, 누구나를 막론하고 공통적으로 감동을 전달할 수 있는 연극, 그런 '세계연극'으로서의 모색이 더욱 필요한 것이다. 아무리 한국적인 것이 좋다고 하더라도 그것이 우리들 내부에서만 연극의 생명력을 지니고 있는 것이라면 의미가 없다. 또 반대로 아무리 새로운 외국의 연극이론이라도 그것을 무비판적으로 수용하는 데 급급하다면 더욱 의미가 없다.

이오네스코가 기존의 연극을 배격하고 새로운 연극을 시작하게 된 것은 전통적 연극이 갖고 있는 연극적 관습들이 그 자신의 연극에 대한 개념이나 직관과 상반되는 것이기 때문이었다. 즉, 재래의 연극은 무엇보다도 '언어'에 집착하는 연극이었던 것이다. 사실상 언어는 우리가 살아가는 데 막대한 공헌을 하고는 있지만, 모든 본체적 진리에 대한 인식으로부터 우리를 멀어져 가게 만드는 역할도 하고 있다. 현대로 접어들면서, 언어라고 하는 것은 개념적이고 도식적이며 무비판적으로 일반화된 것이 되었다. 이처럼 경화(硬化)되고 비인격적으로 굳어져 버린 상투적 문구로 되어 있는 것이 언어라고 한다면, 그것은 순수한 전달의 도구라기보다는 오히려 장애가 될 수밖에 없다. 이오네스코 연극의 철학적 기반은, 바로 이런 의사전달의 수단으로서의 언어가 부조리하며, 모든 인간생활과 행위가 기본적으로 부조리하다는 전제를 통하여 성립되어 있다. 그는 대표작 『대머리 여가수』에서 사실주의 연극에 대한 훌륭한 패러디를 보여준다. 언어가 고유의 의미와 내용을 잃어버리고 기성어로 사어화(死語化)되고 마는 비극을 그리고 있다.

그는 언어를 자동적으로 사용한다. 그는 예술에 있어서의 자연발생성을 중요한 창조적 요소로 보기 때문이다. 미리 의도된 언어에는 순수한 직관력이 뒤따르지 못한다는 것이다. 그는 『수업』 같은 작품에서, 언어를 모음과 자음으로 구성된 음성의 집합체로 취급한다거나, 말의 의미내용을 이의적(二義的)으로 배치하여 '의미'가 포함된 언어의 권위를 격하시켜 버린다. 그럼으

로써 언어의 붕괴화 내지는 해체화를 꾀하고 있는 것이다.[3]

그렇다면 그는 왜 언어를 공격의 목표로 들고 나온 것일까? 그것은 바로 언어가 인간이 갖고 있는 원초적 상징과 실상에 대한 통찰력을 마비시켜 버리는 것을 느꼈기 때문이다. 현대의 기계적인 부르주아 문명의 맹위(猛威)와 현실적으로 느껴지는 가치의 상실, 그리고 여기서 오는 삶의 퇴화에 대한 항의다. 이오네스코는 형이상학적 차원을 잃은 세계를 공격한다. 형이상학을 잃은 인류는 신비의 느낌과 자기 자신의 실존에 직면할 때의 경건한 외경(畏敬)의 느낌을 더 이상 느낄 수가 없다. 실체가 없이 현상적·일상적으로 굳어버린 언어가 던지는 격렬한 조소의 배후에서, 삶에 대한 시적 개념을 부흥하기 위한 항변이 그의 연극에서는 행해진다. 시적 개념이란 바로 형이상학적 개념이란 말과 일치한다. 그리고 그것은 곧바로 원초적 상징의 문제로 이어진다. 즉, 기존의 연극은 지나치게 언어에 의존했던 나머지, 인간이 누구나 갖고 있는 원초적 신화의 뿌리로부터 나오는 초월적 상징의 세계를 망각하게 되었다는 것이다.

이오네스코가 그의 연극이론의 기반을 동양의 '선(禪)'으로부터 찾고 있다고 말한 것은 탁월한 착상이라고 생각된다. 그는 '언어도단(言語道斷)'이라는 선가(禪家)의 용어를 잘 파악하고 있는 셈이다. 언어도단이란 말의 원뜻은 진리 그 당처(當處)가 언어나 문자를 초월하는 것이므로 말이나 글로는 표현할 수 없다고 하는 데서 출발한 것이라고 한다. 생각하면 할수록, 우리

3) 고승길, 『현대 연극의 이론』, 삼일각, 1975, pp.300-316 참조.

주위에는 사물의 실상(實相)과는 하등의 관계없이 이름이 붙여지고 그 이름에 따라 연역적으로 실상의 본질이 이끌려 들어가고 있는 듯한 양태를 보이는 경우가 많다.

선교(禪敎)가 바로 인간의 언어적 진리표현을 부정하고, 단순한 강술(講述)에 의한 개념 전달의 방법 이외에 여러 가지 표현방법을 썼다는 것은 현대 연극에 중대한 암시를 던져주고 있다. 그들은 말의 표현영역을 넘어서, 그야말로 이심전심(以心傳心), 염화시중(拈華示衆)의 묘법(妙法)을 보임으로써 새로운 연극적 전달수단을 보여주었던 것이다. 선(禪) 대화 중 갑자기 제자의 뺨을 후려친다든지, 혹은 발길로 걷어찬다든지 하는 선사(禪師)들의 폭력행위는 바로 진정한 연극이 아니고 무엇이겠는가. 사물의 본질에 도달할 수 있고 또 그것을 표현할 수 있는 방법은 언어적 서술 이외에도 얼마든지 다양한 통로가 있기 때문이다. 즉, 모든 인간의 가슴으로 와 닿는 '행동'으로서 말이다.

이오네스코가 '침묵'을 갈망한다고 말한 것은 문자 그대로의 침묵이 아니라, 침묵을 통한 좀더 넓고 차원 높은 표현 채널을 찾아보자는 이야기다. 비단 과거 연극의 역사뿐만 아니라, 인류역사의 진화적 발전을 역행하는 '비인간화'의 과거와 현재를 응시하면 할수록, 언어의 능력과 기능에 깊은 회의를 느끼게 된다. 특히 현대에 있어서 땅에 떨어진 언어나 문자의 권위는 문학을 타락시켰고, 모든 허위에 찬 정치적 구호와 비인간적 행위의 위선적인 합리화의 도구로 전락하고 말았다. 그러므로 연극을 언어의 지배로부터 본래의 상태로 환원시켜 가려면 현실의 폭주하는 물량 위주의 언어홍수에 맞서서 침묵의 도래가 불가피함을 인정하지 않을 수 없다. 특히 연극에서는 더욱더 침묵을 감수해야 하며, 침묵의 과정을 거쳐 여과되어 정제된, 행동과 결부될 수 있는 언어만을 보여주어야 할 것이다. 사무엘 베케트나 해롤드 핀터의 희곡에 있어 침묵이 많은 요소를 차지하는 것도 그런 이유에서일 것이다.

3.

그러나 이오네스코를 위시한 많은 연극인들이 침묵을 감수하고 있다 하더라도, 그것만 가지고서는 연극을 본원적 상징의 창조형태로 복귀시킬 수는 없다. 현대에 와서 언어의 가치가 저하되었다고 해서 언어에 대하여 집중적으로 공격하는 식으로, 현상에 대한 불만으로서의 또 다른 도그마를 만든다면, 아니 그것 자체로 끝나버린다면, 연극은 무의미해진다. 역시 연극은 새로운 '창조'를 염두에 두어야 한다.

현대에 와서 모든 예술들은 현실에 민감한 나머지 거기에 대한 날카로운 관찰력과 비판은 보여주면서도, 그 이전의 문제들, 즉 궁극적인 진상이나 실체에 대한 형이상학적 계시의 기능을 다하지는 못하고 있다. 예술은 '창조적 파괴력'을 지니고 있어야 한다. 단지 '파괴' 그 자체로 끝나서는 안 된다. 연극은 바로 창조적 파괴력의 집합체다. 우주적 질서에 얽매이는 인간적 본성이 본능을 억압하는 질서에 대한 도전으로 몸부림쳤던 원시의 하늘 아래에 연극 발생의 근원이 있었다고 가정한다면, 지금도 연극은 시간과 공간을 넘어서 근원적 대화를 나누고 있는 셈이다. 연극 행위는 신화의 재연으로서 근원적 실상에 좀더 다가서고, 질서에 때 묻은 인간성과 억눌린 본능에 탁해진 인간성을 깨끗이 씻어주어야 한다. 연극이 가지고 있는 창조적 파괴력은 바로 신화의 재연에 뚜렷한 흔적을 보인 발생기 연극이 가지고 있던 속성이다. 그 속성은 지금도 연극의 기본적 요소로서 남아 있다.[4]

의식적이든 무의식적이든, 연극의 이러한 제의성(祭儀性)이야말로, 예술성이기에 앞서 순수한 창조력을 지녔던 좀더 순수한 연극 형태일 것이다. 예를 들어, 지금도 한국에서 행해지고 있는 여러 가지 굿거리 가운데서, 우리는 때 묻지 않은 순수한 연극 행위에 의한 창조력을 목격하게 되는 것이다. 어떤 대상에 대한 분노나 표현이 아니라, 그것은 그것 자체가 하나의 창조가 된다. 각본도 없고, 배우도 연습을 쌓은 배우가 아니다. 단지 순간적으로 선험적인 '창조'를 해내는 것이다.

여기서 우리는, 서구 연극이 달성해 놓지 못한 연극에 있어서의 전체적 창조력, 즉 언어나 다른 지엽적인 표현수단에 의존하지 않는 창조력의 예를 동양 연극에서 찾아볼 수 있다. '연극을 하는 자'와 '연극을 감상하는 자'의 물리적 벽이 어느 정도 제거되고, 시간과 공간의 현상적 제약이 해소되는 것은 서구 연극보다도 동양 연극에 있어서 나타나는 현상이기 때문이다. 동양 연극에서 관객의 예술적 감흥은 즉흥적이고 찰나적이기 때문에 오히려 더 순수한 창조적 감동의 순간이 이루어질 수 있는 것이

4) 이상일, 『충격과 창조』, 창원사, 1975, pp.30-38 참조.

다. 물론 감정이입과 자연의 충실한 재현을 목표로 하는 서구 연극이, 그러한 '벽'의 철저한 제거를 염두에 두고서 발전해 왔다는 것은 확실한 사실이다. 그러나 그들에게 있어서는 그러한 벽의 제거나 연극적 감동이 어디까지나 부분적·피상적인 것에 불과하였다. 연극 속의 모든 실재는 단지 순간적 현상으로서의 실재에 불과하였고, 우주적 실재의 지평에까지 미칠 수는 없는 것이었다.[5)]

동양의 연극 가운데서도, 그 외적 형태를 서구의 연극에 가장 비슷하게 밀착시켰다고 볼 수 있는 일본과 중국의 전통극을 예로 들어보자. 일본 전통극에 있어 배우의 연기는 양식화되어 있고 고정적이다. 그러나 그러한 고정성은 오히려 연극이라는 형식이 이미 어쩔 수 없이 갖고 있는 비현실적 모방의 속성, 즉 현실과 괴리되어 존재할 수밖에 없는 한계성을 선험직으로 인식한 뒤에 이루어진 것이었다. 아무리 배우가 훌륭한 연기를 해낸다고 해도 그가 극중의 인물 그 자체로까지 개조될 수는 없다. 배

---

5) 예를 들어 셰익스피어의 『로미오와 줄리엣』을 생각해 보자. 우리는 그 연극을 보고 그들의 사랑에 대하여 짜릿한 감동을 느낀다. 그러나 마음 속으로는 현실적으로 그런 사랑이나 죽음이 거의 불가능하다는 것을 알고 있다. 만일 그런 사랑이 있다고 하면, '그것은 너무나 연극적'이라고 말할 것이다. 극장 안에서는 그 연극에 공감하고 눈물을 흘리면서도, 극장 밖으로 나오면 그것은 단순한 '연극적'인 것으로 돌려지고 생활에 대한 새로운 배리감(背理感)을 경험하는 이 모순, 그것이 문제다. 그러나 우리나라의 탈춤을 생각해 보자. 그것은 바로 생활의 일부였다. 그런 점에서 볼 때, 우리나라의 전통적인 연극 형태 중에서 서양에서와 같은 무대와 객석을 구비한(즉, 생활과 동떨어진 특정 형식을 요구하는) 연극 형태가 없었다는 것은 상당히 긍정적인 현상이었다.

우는 어디까지나 배우 자신일 뿐이다.

일본 연극의 극적 전개방식은, 이미 비사실성을 염두에 두고서 다시 새로운 현실을 '창조'하는 것에 그 초점이 있다. 일본의 전통극 '노(能)'[6]에 있어서는, 배우가 작품 속의 인물과 동일하게 함입(含入, involve)되지 아니한다. 서구 연극에서 배우가 극중 인물에 완전 동화되어 그 성격을 재현시키는 것과는 정반대이다. 즉, 앞에서 밝힌 바와 같이 일본 연극은 다른 동양의 연극들과 마찬가지로, 서구의 연극이 일종의 재현극(representational theatre)인 데 반하여 표현극(presentational theatre)의 면을 가지고 있다는 것이다. 극중의 사실은 현실과는 다르지만, 서구 연극과는 달리 배우의 주관과 해석에 의해서 새로운 시사를 해주고 있다. 일본의 전통극에서는 배우가 얼마나 그의 훌륭한 '테크닉'을 구사하여 작품 속의 인물에 합당한 '연기'를 했는가에 연기술의 성패가 달려 있다. 예를 들어 우는 장면 같은 데서, 일본 배우는 간단히 손을 눈가로 들어올려 일종의 양식화된 감정표출의 '약속된 행동'을 하는 것으로 족한 것이다(서구 연극에서, 소위 '실감나는' 연기를 하기 위해 진짜로 눈물을 줄줄 흘려야 하는 배우들과 이것을 비교해 보라). 그러므로 다른 부분적인 테크닉에 있어서도 사실적이고 현실적인 연극 진행은 거의 없다. '노'의 '시테(仕手)'[7]는 웃는지 우는지 모를 미묘한 마스크를 쓰고서 아주 형식화된 동작을 유연하게 되풀이할 뿐이다.

---

6) '노'에 관한 자세한 내용은 다음을 참조. Peter D. Arnott, *The Theatre of Japan*, New York: St. Martin's Press, 1970.

7) '노'에서 주인공을 일컫는 말.

동양 연극에 있어서 이 '마스크'의 사용은 중요한 의미를 가진다. 우리나라의 전통극이라고 할 수 있는 탈춤도 좋은 보기다. 얼핏 생각하기에 마스크를 쓴다는 것은 배우의 표정을 둔화시키는 것으로 생각될지도 모르지만, 사실상 극도로 단순화되고 양식화된 마스크는 관객에게 더욱 자유로운 창조적 상상력을 주게 되는 것이다. '노'가 발전되어 나타난 서민연극이라고 할 수 있는 '가부키(歌舞伎)'의 '슈케로쿠(助六)'[8]는 결투 장면에서 상세한 디테일 없이 간단한 몇 가지 동작만으로 싱겁게 적을 쳐부순다. 또한 '노'의 무대배경은 언제나 소나무 한 그루를 그려놓는 것으로 그치고 기타 소도구도 양식화되어 있다. 무대 위에 흰 천을 펼쳐놓으면 설경(雪景)이 된다. 얼굴의 분장에 있어서도 미묘한 성격을 나타내기보다는 전형화된 몇 가지의 과장된 패턴의 분장이 관객에겐 더 호소력이 있는 것이다. 한마디로 말하여 일본 전통극의 모든 관례(慣例)는 '상징'과 '비사실성'에 가장 큰 특징을 둘 수 있다(비사실성이란 현실에 있어서의 유한한 경험적 인식세계를 초월하여 좀더 영원한 본체로 접근시키는 과정으로서의 비사실성을 말한다). 무대 위에서 벌어지는 연기는 하나의 새로운 '창조'지 서구 연극에 있어서와 같은 현실의 충실한 모방은 아니며, 배우의 의상이나 분장, 행동들은 어디까지나 '배우 개인'의 존재의식 다음으로 이차적인 비중을 차지할 뿐인 것이다.

이것은 중국의 전통극에 있어서도 마찬가지다. 중국의 가장

---

8) 가부키에서 다리를 걷어붙이고 등장하는 젊고 용감한 남자.

대표적인 전통극 양식으로는 경극(京劇)[9]이 있는데, 중국 연극에 있어서의 연극적 관례는 일본 연극보다도 더욱 세분화되어 있어 테크닉의 정밀성을 요구한다. 연기에 있어 배우의 발처리, 손처리 하나하나가 이미 형식상으로 규정되어 있어 관객에게 약속되어 전달된다. 물결치는 소맷자락(rippling sleeve)[10]의 용도라든지, 손가락 움직임에 의한 감정표현,[11] 걷는 동작의 세분화된 패턴[12] 등이 그렇다. 그러면 이런 관례들은 어떤 예술성을 지니고 있는 것일까? 서구 연극과 비교하여 생각해 보면 그것은 명백하게 드러난다. 서구의 연극은 무대 위의 인물과 작품 속의 인물이 완전 동일화되어 관객의 정서에 포섭되는 데 그 궁극적

---

9) 중국의 경극은 토털 시어터(total theatre)의 면을 갖고 있다. 글자 그대로 창극(唱劇)에 속하는 것으로서 춤, 노래, 곡예, 팬터마임, 광대놀음 등이 합쳐진 것이라고 할 수 있다. 그러나 도덕적 색채가 너무 짙으므로 일본의 '노'보다는 예술적으로 떨어진다. 자세한 것은 Oscar G. Brockett, *The Theatre*, New York: Holt, Reinhart & Winston Inc., 1974, pp.287-295 참조.

10) 경극에서 배우들은 중국 의상 특유의 길게 물결치는 소매를 늘어뜨리고 등장하여 그 소매의 움직임으로 언어를 대신하여 의사를 표시한다.

11) 경극의 배우들은 손가락을 어떻게 움직이는가에 따라서 그들의 감정을 표현한다. 슬프다, 기쁘다, 질투가 난다 등등의 감정이 손가락 움직임으로 약속이 되어 있다. 그렇기 때문에 경극을 감상하려면 수십 가지가 넘는 손가락 움직임의 약속된 기호들을 알아야만 한다.

12) 이것 역시 상당히 양식화되어 있다. 예를 들면, (1) 전족을 한 여자의 발걸음(mincing step), (2) 남자의 활보(square step), (3) 쾅쾅 걷는 것(stamping step), (4) 부드럽게 걸으며 몸을 움직임(ghost step) 등등이다. 중국 연극에 있어서, 이와 같은 연기상의 규칙들은 모두 여섯 가지나 된다. 즉, 위에서 말한 소매(sleeve movement)를 비롯해서, 손, 손가락, 팔, 다리, 발 등이다.

목적이 있다. 그러나 동양의 연극은 이미 연극이라는 형식이 갖고 있는, 현실과 괴리되어 존재할 수밖에 없는 모방과 재현의 '한계성'을 선험적으로 인식한 뒤에 이룩된, 일종의 달관된 경지의 예술이라고 볼 수 있는 것이다. 배우의 존재는 엄연히 개인의 특성을 갖고서 존재하며, 연극의 기술적 관심은 그들이 얼마나 공식화된 테크닉을 잘 구사하여 기술적으로 연기해 내느냐에 있다. 독일의 베르톨트 브레히트(Bertolt Brecht, 1898-1956)는 이 중국의 경극에서 힌트를 얻어 이른바 서사극을 생각해 내었던 것이다.[13)]

지금까지 말한 것을 요약한다면 동양 연극의 특징은 '단순성'에 있다고 할 수 있을 것이다. 또한 단순성과 더불어, 연극이 다분히 철학적이라는 것이 특징이다. 특히 일본의 '노' 같은 것에서는 철학적 상징을 더욱 중요시한다. 그들은 그것을 '유현미(幽玄美)'라고 표현한다. '유현(幽玄)'이란 현실의 세계가 아닌 환상의 세계, 상상적 세계를 말한다. 유현의 철학에는 도교적 · 불

---

13) 브레히트는 중국의 연극을 보고 나서 반-아리스토텔레스 연극(Anti-Aristotelian Theatre)을 창안해 내었다. 중국의 경극에서 여러 가지 곡예라든지 춤 등을 사용함으로써 관객을 연극에 몰입되지 않은 제3자적인 객관적 상태에 머물러 있게 하는 효과에 착안했던 것이다. 즉, 아리스토텔레스의 연극은 카타르시스가 목적이지만 브레히트는 그러한 감정이입보다도, 어떻게 하면 관객을 무대로부터 감정적으로 격리시키느냐 하는 데 목적을 둔 것이다. 그는 이것을 소외효과(Alienation Effect)라고 불렀다. 즉, 그는 극장을 일종의 '강의실(lecture hall)'로 보고, 연극 자체에 대한 감정적 함입(含入)보다도 그것에 대한 객관적 비판력을 기르는 것에 연극의 목적을 두었던 것이다. 그런 의미에서 그는 역사를 어떻게 해석하는가가 아니라 역사를 어떻게 개조할 것인가를 모색하는 강한 사회주의자였다.

교적 사상들이 또한 그 밑바탕을 이루고 있다. 서구의 물질문명이 현세적인 가시(可視)와 가능(可能)의 세계를 밑바탕으로 하여 이루어진 데 반하여, 동양의 생활철학은 내세적이고 현실의 모든 양태를 인과(因果)와 전생(前生)의 업보(業報)에 연결시켜 생각하는 윤회사상(輪廻思想)에 기본을 두고 이루어졌다. 그런 관점에서 본다면 우리의 인생 자체는 이미 '꿈'으로밖에는 표현할 수 없는 불가지론적(不可知論的)인 것이다. 그러므로 현실을 영원과 연결시키기 위해서는 현실을 현실 그대로 보지 않는, 일종의 '상징적 계시'가 필요하다. 그러한 상징적 계시가 모든 동양의 민속연극에 침투하여 신비주의적 요소가 되었다.

앞서 본 바와 같은 동양 연극에서의 여러 가지 양식화되고 단순화된 테크닉은 그런 뜻에서 의미가 있다. 미시적 관점에서 본다면 동양 연극은 단순하고 비사실적인, 박진감이 없는 것이 될지도 모른다. 그러나 거시적으로 본다면, 인간의 모든 표면적이고 찰나적인 현상들을 상징적으로 나타내어 더 큰 상상적 가능성의 계기를 열어주는 것이라고 볼 수 있는 것이다. 동양 연극의 도처에서 볼 수 있는 모든 환상적 요소들은, 그것이 현실을 도피하는 몽상적인 것으로 그쳐버리는 것이 아니라, 그러한 외적인 현실의 지평을 넘어서, 우리가 알 수 없는 미지의 세계로 향한 우리의 궁극적 관심을 채워주는 역할을 해주고 있다는 것을 알 수 있다. 그것은 우주의 불가해한 질서의 비밀에 도전하는 일종의 '상징적 열쇠'의 의미를 갖는다. 일례를 들어 일본의 '노'에 등장하는 '아토시테'[14]를 보면 그것을 쉽게 파악할 수 있다. 그들은 현실의 모든 비밀과 숙제를 현실로써 못 박아 고정시키는 것이 아니라 내세적 보상으로 해결하려고 하며, 관객에게 신비적이고도 초현실적인 체험을 불러일으켜, 현실을 뛰어넘는 자연의 범신적(汎神的) 역할을 지각하게 한다.

4.

이와 같이 단순성과 상징적 암시성을 중심으로 하여 동양 연극이 발전해 왔다는 것은, 세계연극사에 있어 커다란 의미를 가진다. 사실상 서구의 연극은 20세기 초에 이르러서야 연극이 갖고 있는 형식상의 제약(물론 이 말은 동양 연극에 있어서의 그것과 다른 의미를 지닌다. 서구 연극에 있어서의 형식이란 연극 그 자체에 대한 인식상의 제약을 말한다)으로부터 해방되려는 움직임을 보이게 되었다. 이것은 동양과 서양의 연극의 '세계연극'으로의 접합 가능성을 보여준 좋은 현상이었다.

서구 연극에 '상징'이 도입된 것은 1880년대의 상징주의 연극운동 때부터였다. 메테를링크의 『파랑새』로 대표되는 상징주의 작가들은 현실을 뛰어넘는 진리를 파악하기 위해서는 '직관력'에 의지해야 한다고 믿었다. 그러나 서구의 상징은 동양의 그것에 비해 다분히 몽상적이었다. 그들은 현실에 뿌리를 두지 않고서 단순한 상상력을 동원하여 유미적(唯美的)인 세계를 펼치려고 하였다. 그 뒤 1910년대에 나온 표현주의 연극에 가서야 비

---

14) 아토시테는 '노'의 주인공인 시테가 원한이 맺혀 죽은 다음, 원귀가 되어 다시 등장하는 것을 말한다. '노'의 몽환적 요소가 강할 때, 흔히 아토시테가 등장한다.

로소 좀더 창조적인 상상력으로 주관화되고 현실에 뿌리박는 연극이 이루어졌다.

스트린드베리(Joyann A. Strindberg, 1848-1912)로 대표되는 표현주의 극작가들은, 경험을 겪고 있는 본인에게는 그 경험이 어떻게 독창적인 것으로 나타나는가를 표출하려고 하였다. 등장인물의 꿈의 세계에 일어나는 일, 그의 유년 시절에 대한 환상에서 일어나고 있는 일들이 극 진행 중에 실현되어야 한다고 믿었다. 주인공의 공포와 증오는 단순한 언어로 표출되면 안 된다. 청각적 · 시각적으로 '상징'되어야 한다는 것이다. 경험이란 것은 정상적인 사람에게 있어서도 각각 정해진 분량으로 찾아오는 것은 아니다. 한 뼘만큼의 짧은 시간도 영겁처럼 느껴질 수가 있고 영겁이 한 순간을 메울 수가 있다. 표현주의자들은 바로 그런 '왜곡된 경험'을 묘사해 내려고 했던 것이다.

이런 가운데 동양 연극에서 이미 보인 바 있었던 연극의 '단순화'를 대담하게 시도한 사람의 하나가 바로 앞에서 언급한 막스 라인하르트였다. 그는 근대 연극이 하나의 이상으로서 요구하였던 프로시니엄 아치의 무대를 거부하면서, 연극이 재현(representation)에 기초하는 사실적인 바탕 위에 안주하는 것에 반대하고, 연극이 연극을 위한 연극을 획득할 수 있도록[15] 수많은 시도와 실험을 행하였다. 그는 새로운 연극의 제1법칙은 '단

---

15) 이 말을 '예술을 위한 예술'과 같은 탐미주의적인 것으로 혼동해서는 안 된다. 그는 연극은 일상성을 모방 · 재현하는 것으로부터 탈피하여, '스스로의' 창조적 메시지를 전달해야 한다는 뜻에서 이 말을 썼던 것이다.

순화'뿐이라고 믿었다. 극장에서는 '말하는 인형'이 아닌 배우의 독창적인 목소리가 중심이 되어야지 다른 사소한 부속물이나 장식물이 참여해서는 안 되며, 조명조차도 중요한 것은 보여주고 중요하지 않은 것은 보여주지 않음으로써 극장의 단순화에 기여해야 한다고 주장하였다. 그는 배우에게 어떤 규정이나 처방을 써주어서는 안 되며 자유롭게 숨쉴 수 있는 분위기를 제공해 주어야 한다고 말한다. 희곡에 있는 대로 공연해야만 하는 것은 아니라는 것이 그의 기준이었다. 그는 이렇게 말했다.

> 이러한 단순화에서 얻어진 강력한 공간과 선(線)에 의하여, 연극의 본질적 요소를 대중의 마음에 호소할 수가 있다. 이때 관객은 단순한 관객이 아니라 민중이 된다. 민중의 감정은 단순하고 소박하지만 그것만으로도 강력하다. 막, 프로시니엄, 배경 등은 모두 필요 없게 되고 다만 강력한 행동만이 무대를 가득 채우게 된다. 새로운 극장은 무대와 관객의 교류를 확실히 하는 것이며 극장 전체가 하나의 행동으로 용해되어야 하는 것이다.16)

라인하르트의 이러한 단순화에 대한 시도가 더욱 폭넓게 발전하여, 서구 연극에 있어 새로운 지평을 열어준 것은 앙토냉 아르토(Antonin Artaud, 1895-1948)에 와서이다. 그로부터 비로소 연극적 상징은 상징 그대로 머물지 않고 '창조적 충격'으로서의 의미를 지니게 되었다. 즉, 상징적 충격을 통한 계시의 기능을 발휘하게 된 것이다. 그는 바로 초현실주의자였다. 그는 사실주

---

16) 고승길, 앞의 책, p.202에서 재인용.

의와 자연주의에 적의를 품고 관중들에게 20세기가 갖는 격렬성과 원시성을 보여줌으로써, 그들의 연극적 유산이 이미 낡은 것이라는 것을 실증해 보이고자 하였다. 그는, 새로운 연극은 아름다운 눈요깃거리가 아니라 관객과 연기자 간의 완전한 교류를 불러오는 것이어야 하며, 원시사회의 연극처럼 신비성을 가지고 집단적 참여를 통하여 전체 문화에 활력과 진실한 표현을 가져오는 것이어야 한다고 주장하였다.

그는 1931년에 파리에서 개최된 식민지 박람회를 관람하였는데, 거기서 공연된 발리 섬 원주민들의 연극을 보고 새로운 연극의 개념을 얻어냈다. 그는 연극의 특수한 사명을 검토하는 중에, 인간성을 원시적 · 전논리적(前論理的)인 그룹과 문명화된 논리적 그룹으로 구분하고, 새로운 연극은 전자의 그룹에 기반을 둠으로써 발리 섬의 연극처럼 관객에게 연극적 행동을 통하여 공포와 광란의 경험을 심어주고 새로운 체계의 진실과 초인간적인 것을 전달할 수 있다고 생각하였다. 여기서 그는 연극 속에 위험과 잔혹성을 가져올 수 있는 방법을 제시하였는데, 그러한 방법을 통해서만 무대 위의 단어가 '꿈'에서처럼 힘을 지니게 되고 언어가 '주문'으로 변화하게 되고 인간의 행동에도 특별한 힘이 현존하고 있다는 것을 나타내 줄 수가 있다고 믿었다. 여기서 그의 이른바 '잔혹연극(殘酷演劇, Théâtre de la Cruaté)' 이론이 제창되었던 것이다. 그는 '잔혹연극 제1선언'에서, 그의 연극이 동양의 연극에서 힌트를 받은 것을 시사하며 다음과 같은 말을 한다.

그러나 표출이라는 것의 완전히 동양적인 의미에 의하여, 물적(物的)이고 구체적인 언어는 각 기관을 사로잡아 현현(顯現)시켜 주는 역할을 한다. 감수성의 소용돌이 속으로 흘러들어가는 것이다. 말의 서양적 이용법을 내버리면 이 언어는 주문(呪文)의 단어로 변질된다. 그것은 소리를 확장한다. 소리의 진동과 성질을 이용한다. … 그것은 '몸짓'이 지닌 새로운 감각의 서정성을 발취하게 하며 공간에서 그 급격함과 확장에 의하여 각 단어의 서정성을 결국에는 능가한다. 궁극적으로 언어의 지적(知的) 종속을 타파하고 동작과 기호를 특수한 마술적 능력으로까지 넓혀, 그 아래 숨어 있는 새롭고 더 깊은 지성의 감각을 부여하는 것이다.[17]

아르토가 언어를 주문으로 바꾸기 위해서 노력했다는 것, 그것은 바로 서구 연극에 일대 전환점을 마련해 준 것이었다. 동양 연극에 있어 아무런 디테일이나 서정적 묘사 없이 단순화되고 양식화된 언어나 동작들을, 그는 '주문'의 효과를 가진 것으로 보았던 것이다. 여기서 연극의 새로운 미래, 즉 동양과 서양을 종합하는 전체연극 · 세계연극으로의 미래는 그 첫 발걸음을 내디뎠다고 해도 과언이 아니다. 동양에서는 다만 '관례'로서 답습해 온 것을, 그는 새로운 창조적 가능성에 대한 도전으로 채택한 것이다. 그가 공포를 가장 큰 극적 요소로 본 것도, 상징적 계시에 대한 숙고의 결과로 생긴 결론이었다고 볼 수 있다. 상징이 우리에게 하나의 계시로서 전달되려면, 어떤 충격적 계기를 반드시 필요로 한다. 무의미한 일상성, 이성적 판단 등을 통

17) A. Artaud, *Le Théâtre et son Double, Collection Métamorphoses* IV, Paris: Gallimard, 1958.

해서는 본체에 대한 상징이 나타날 수가 없다. 그는 이러한 '상징적 충격'의 계기를 바로 '공포'로부터 발견한 것이다. 이것은, 일본의 '노'에서 원귀(寃鬼, 즉 아토시테)들이 중요한 주제표현의 역할을 하고 있다는 것과 좋은 비교가 된다. 그는 기성의 연극이 진실한 연극이 되게 하기 위해서는, 연극에 언어의 시적 기능을 부여하는 대신에 공간의 시적 기능을 부여해야 하며, 부서지기 쉽고 혼란이 많은 인생을 어떠한 언어조직을 가지고는 파악할 수 없다고 주장하였다. 연극에 있어 무대 위의 행동과 관객의 가장 깊은 내면 사이를 가로막는 '이성적 판단'의 장벽을 허물어뜨리기 위하여 그는 바로 충격적 공포극을 제창한 것이다.

아르토의 이러한 공포극에 영향을 받아서 생긴 것이 지금 미국을 비롯한 유럽에서 새로운 연극으로서 각광을 받고 있는 리빙 시어터(Living Theatre)다. 리빙 시어터의 연극인들은 아르토로부터 한 발자국 더 나아가, 각본보다도 즉흥적 연기에 중점을 두어, 재래의 따분한 윤리와 정치적 제한에서 자유로워지고 싶어 하는 일종의 무정부주의를 내세운다. 그들은 '반언어극(反言語劇, Non Verbal Theatre)'을 주장하여, 몸의 즉흥적이고 충격적인 액션을 주로 한, 일종의 제의적(祭儀的)인 연극을 공연하고 있다. 그러나 그들의 제의는 더욱 순간적인 직관력에 치중하는 '무감각한 일상의 의례(senseless daily ritual)'인 것이다. 그들은 관객에게 새로운 차원의 상징적 충격을 주기 위하여 종종 나체를 이용하기도 한다.[18]

요즘의 서구 연극에 있어 이오네스코의 반연극, 사무엘 베케트의 부조리 연극, 미국의 오픈 시어터(Open Theatre), 환경연극, 해프닝(Happening) 등의 전위적 연극이론들이 등장하게 된 배경과 동기를 살펴보면 사실상 동양 연극의 철학적 배경에 그 모티브를 두고 있는 것이 많다. 극도로 형식적 발전을 이룩한 재래의 서구 연극이 거기서 환멸을 느껴 되돌아간 것은 결국 원시적이고 제의적인 직관의 세계인 것이다. 이런 점에서, 앞으로 국경을 초월하고 인종과 언어와 인간의 감각을 초월하는 '세계언어'로서의 연극이 생겨날 수 있는 가능성에 밝은 전망을 가질 수 있게 된다.

여기서 한 가지의 문제점이 생긴다. 바로 초현실주의(超現實主義, Surrealism)의 문제가 그것이다. 20세기에 들어와서, 연극이 점점 단순화 · 심화되고 상징적 충격을 시도하는 쪽으로 발전하게 된 그 밑바탕엔 초현실주의 이론이 뿌리를 내리고 있기 때문이다. 초현실주의는 제1차 세계대전 이후부터, 일종의 예술 파괴 운동이었던 다다이즘(Dadaism)에서 발전되어 제창되었다. 초현실주의자들은 새로운 일원론적 세계의 창조에 입각하여, 합리와 이성이 지배하는 의식세계를 부정하고 잠재의식을 드러내어, 생명력과 본능을 합친 '총체적 인간(total human)'을 회복하고자 노력하였다. 1924년에 앙드레 브르통(André Breton, 1896-1966)이 선언한 '초현실주의 제1선언'은 다음과 같다.

초현실주의는 마음의 순수한 자동현상이며, 그것에 의하여 우리

18) 리빙 시어터에 대하여 더 자세한 것은, Judith Malina, *We, the Living Theatre*, Ballentine Book, 1975 참조.

는 구두(口頭)든 필기(筆記)든 또 다른 방법을 사용하든, 사고의 진실한 과정을 표현하려 한다. 이성의 어떠한 감독도 받지 않고, 심미적이고 윤리적인 관점에서 벗어나서, 움직이는 사고를 기술하는 것이다.[19]

잠재의식을 해방시키고, 그 속의 경이적 이미지를 중시하고 지성의 지배를 거부한다는 점에서, 초현실주의는 프로이트의 영향을 받았다. 또 미학적 의의뿐만 아니라, 모든 제약을 끊고 인간의 근원적인 자유와 상상력을 회복하려는 점에서 윤리적 의의도 지니고 있는 것이었다. 사실상 연극의 미래를 생각할 때, 연극에 있어 필요 이상으로 분화된 요소들을 합하여 단일화시키고 통일시키려고 할 때, 초현실주의 이론에 의한 접근을 해보는 것보다 더 좋은 방법은 없을 것이다. 결국 현대 연극은 인간이 이성의 베일에 의하여 가려졌던 원초적 상징의 신비를 벗겨 재현시키려는 쪽으로 기울어지고 있으니 말이다.

그러나 문제는 간단하지 않다. 초현실주의의 이론은 연극의 한 분야에만 파고든 것이 아니었기 때문이다. 기존의 형식과 질서에 염증을 느끼고 있던 다른 모든 예술 장르에 있어서까지도 초현실주의의 영향은 상당히 컸다. 특히 문학에 있어서는 급격한 변모를 보였다. 소위 무의식에 의한 '자동기술법(自動記述法)'이나 '자유연상'에 의하여, 무슨 소린지도 모를 낱말들이 뒤범벅이 되어 시가 되었고 소설이 되었다. 미술도 마찬가지였다. 전혀 현실과 동떨어진 낯선 광경들과 비틀린 물상(物像)들은 사

19) 문덕수 편, 『세계문예대사전』, 지문각, 1975.

람들을 당황시켰다. 여기에서 초현실주의적 경향의 예술들에 대한 비판의 소리가 나오게 된 것이다. 아름다운 운율과 언어를 가진 서정성에 길들여져 온 독자들에게, 알 수 없는 기호의 나열과도 같은 무미건조한 시편들이 즉시 공감을 주지 못한 것은 당연한 일이었다. 즉, 이상과 현실, 예술에 있어서의 표현행위와 발표에 의한 전달행위 간의 괴리성이 문제가 된 것이다. 예술가가 아무리 좋은 영감을 가지고 작품을 탄생시켰다 하더라도, 일반 독자들이 그것을 이해하지 못하고 '도무지 무슨 소리인지 모르겠다'고 한다면, 그것은 확실히 큰 문제가 아닐 수 없다. 더구나 새로운 예술이 과거의 윤리적 질서나 전통을 파괴하는 것이라고 생각될 때엔 더욱 갈등이 심한 것이다.

그렇기 때문에, 초현실주의적인 이론에서 출발한, 즉 모든 기성의 질서를 파괴하고 이성을 배제하여 인간의 단순한 직관을 대상으로 새로운 상징과 충격을 주려고 시도하는 새로운 연극 형식들이 쉽사리 관객들 마음속 깊이 수용될 수는 도저히 없었던 것이다. 아무리 이론적으로 완벽하게 무장된 예술이라 하더라도, 지극히 평범한 일반 대중들이나 고답적인 예술가들에게 그것은 새로운 경이로서가 아니라 우발적이고 감정적인 흥분에 의한 지극히 단순한 저항이나 질서 파괴로밖에는 보이지 않게 마련이다. 연극은 더욱 그럴 수밖에 없다. 글이나 그림은 국한된 표현요소를 갖고 있기 때문에 직접적인 반감을 불러일으키지는 않지만, 연극에 있어서는 직접 행동으로 표출되기 때문에 더욱 거부감을 일으키기 쉽다. 미국의 리빙 시어터에서 나체로 연극을 공연하는 것이 그 좋은 예다. 그들은 모든 기존의 것을 탈피하기 위한 가장 효과 있는 표현수단으로 '나체'를 연극에 도입하였다. 나체 자체에 의미가 있는 것이 아니라, 남들은 다 옷을 입고 있어야 하는데도 옷을 벗을 수 있다는 데 의의가 있다. 그들은 무대 위에서 뿐만이 아니라 연극이 끝난 뒤에도 나체인 채로 관객석 쪽으로 걸어 나와 관객들을 당황케 했다. 그들의 이러한 상식적 논리에 대한 항거가 보수세력들에게 강한 반발을 산 것은 뻔한 일이다. 그들이 공연을 하는 곳마다 경찰들은 그들 때문에 골치를 썩여야만 했다. 그래서 그들은 드디어 견디다 못해 1964년에 미국을 떠나 자진출국하기에 이르렀던 것이다. 또한 그들의 무정부주의적인 정치의식은 더욱 그들에 대한 몰이해를 가속시켰다.

아무리 그들이 새로운 충격과 비전을 보여줄 수 있었다고 해도, 역시 다수의 관객들에게 그들은 단순히 전시효과를 목적하는 '신기한 전위'로밖에는 보이지 않았다. 또한 예술의 사회적 효용 면에서 본다고 하더라도, 기성의 모든 표현질서를 거부하는 초현실주의적 예술관은 문제가 된다. 쉽게 말하여 '배부른 사람들의 잠꼬대'로밖에는 보이지 않는 것이다. 우리 한국에서도 몇 번씩 해프닝과 비슷한 연극의 전위적 시도가 이루어졌으나 번번이 공감을 얻지 못했던 것은 이런 이유에서이다. 결국 많은 사람들은 이렇게 질문하게 될 테니 말이다. "그렇게 극도로 고급화된 예술관과 테크닉을 가지고 하는 연극이 다수의 무식한 민중들에게 어떤 감동을 줄 수 있단 말인가? 그들의 생존의 문제를 해결해 줄 수가 있는가? 그런 연극은 결국 지적 허영심에 의한 사치스러운 감정에서 나온 것이 아닐까?"라는 물음이다. 만일 우리나라에서 새로운 충격으로서의 나체극을 공연한다면 그것은 곧 퇴폐로 낙인찍혀 법의 제재를 받게 되고 말 것이다.

그러나 현재 일어나고 있는 초현실주의 및 실험극에 대한 모든 오해는 초현실주의를 잘못 받아들인 데서 나온 결과라고 할 수 있다. 우선 연극에 있어서의 초현실의 세계를 다른 예술 장르와 구별해서 생각해야 할 필요가 있다. 연극에 있어서의 초현실은 우선 '전체성'을 염두에 둔 것이어야 한다. 거기에는 문학을 감상할 때 필요한, 교양이나 특수한 용어에 대한 독해력 같은 것이 전제되어서는 안 된다. 마치 하나도 교육을 받지 못한 사람일지라도 가끔씩 번쩍이는 예감을 느낄 수 있는 것처럼, 술을 마시면 취해서 흥얼대며 엉터리 춤이라도 추어댈 수 있는 것처럼 말이다. 그러므로 연극에 있어서의 초현실주의적 실험은 전혀 논외의 것으로 돌려야 한다. 다시 말하여, 더 이상 언어라는 피상적 매개체(즉 연극에 있어서의 희곡의 비중)에만 의지하지 말아야 한다. 우주가 전체적으로 뭉뚱그려져서 거대한 유기체로서의 힘을 발휘할 수 있는 것같이, 연극은 인간의 행동—거기에는 인간이 이룩해 놓은 여러 가지 문명의 장식이 붙어 있지 않은—그 자체만을 대상으로 하여 집단무의식에 의한 원초적 상징으로의 복귀를 단행해야만 하는 것이다. 중요한 것은 이러한 초현실주의적 이념을 단순한 '도피'로 착각하는 사람들이 많다는 것이다. 또 사실상 전위를 자칭하고 기존질서의 붕괴를 기도하는 많은 '초현실주의자'들이, 그러한 합리적 도피를 마구 해대고 있다. 철학이 없는 실험정신처럼 위험한 것은 없다. 그곳에서 표현되는 모든 상징들은 상징(symbol)이 아니라, 단지 기호(sign)에 불과하다. 독창이 못 되고 신기한 것에 머무는 상징들은 단지 환상에 불과할 뿐이다.

그렇다면 진정한 초현실, 즉 보편적 '세계연극'의 실현을 가능케 하는, 모든 이념의 차이를 합치시켜 상징적 통일을 이루게 하는 초현실의 세계란 어떤 것일까? 그것은 현실의 초월을 말하는 것도, 또는 현실을 초월한 피안(彼岸)의 세계나 이상세계를 말하는 것도 아니다. 진정한 초현실이란 현실을 부정하고 그 부정을 매개로 하여 '새로운 현실'을 발견하려는 것이다(즉, 여기에는 시대와 주변상황에 따라 얼마든지 달라질 수 있는, 지극히 변덕스러운 윤리적 · 도덕적 · 종교적 관념이 포함되어 있지 않다). 여기에 부정과 부정의 극복이라는 변증법의 원리가 들어가 있다. 즉, '정(正)'에 반대하는 것으로 그치는 것이 아니라, 반드시 새로운 도달점(그것은 현실적으로도 수용이 가능하게 되리라 예상되는)인 '합(合)'의 경지를 목표로 하는 것이다.

그러므로 초현실주의는 단순한 혁명적 니힐리즘이 되어서는 안 된다. 그것은 세계에 대한 새로운 통일적 비전을 가지려는 창조적이면서도 일원론적인 철학이 되어야만 한다. 물론 예술가가 그러한 이념적 기반을 가지기는 매우 힘들다. 왜냐하면 사실상 모든 예술가는 어느 정도는 배설적 쾌감을 위해서 순간적인 창작을 해내기 때문이다. 그러나 연극은 확실히 달라야 한다. 그것은 하나의 기술(art)이라기보다는 행동 그 자체의 예술이며, 행동은 곧 인생 그 자체가 되기 때문이다. 배설적인 동기에서 삶을 살아가고 있는 사람이 누가 있겠는가? 연극은 바로 실존

그 자체, 본질적인 삶의 철학 그 자체가 되어야만 한다. 연극에 있어서의 지엽적인 표현 재료들을 단순화·통일화시켜서 창조적 상상력에 의한 상징성에 접근시키는 것, 그것이 바로 진정한 의미의 초현실이 된다고 할 수 있는 것이다.[20]

5.

그렇다면 결국, 다원화된 연극을 일원화시키고 연극에 있어서의 상징을 보편화·통일화시키기 위해서, 우리가 앞으로 해야 할 것은 무엇인가? 기본적인 연극 정신의 면에서 그것은 다음의 몇 가지로 요약될 수 있을 것이다.

첫째, 우리는 연극을 연극 그 자체의 본질로서 인식할 수 있어야 한다. 이제껏 연극은 동서양의 양 극단 사이에서 맴돌며 원래의 단일한 유기체로서의 단순성을 잃어버린 채 지엽화(枝

---

20) 이 점에 대하여, 폴란드의 연출가 그로토프스키(Jerzy Grotowski, 1933-1999)의 다음과 같은 말은 더욱 훌륭한 설명을 해주고 있다.
"우리는 왜 예술에 많은 노력을 바치는가? 우리의 미지의 세계를 가로질러 우리의 한계를 뛰어넘고 우리 자신의 공허함을 메우기 위해서, 다시 말해 완전한 충실을 기하기 위해서이다. 예술은 하나의 조건이 아니고, 우리들 안에 잠들어 있는 암흑이 서서히 빛을 받아 밝아지는 과정이다. 이렇게 자신의 진실과 맞부딪치고, 인생의 가면을 뜯어 벗기는 연극은 언제나 도발의 장(場)인 것처럼 나에게는 생각된다. 이것은 상식적이고 틀에 박힌 감정이나 비전, 판단을 파괴함으로써 자기 자신과 관객에게 도전할 수가 있다. 이 금기에의 반항, 이 초월행위가 가면을 벗겨버릴 수 있는 충격을 준비하고 정의를 내리기는 당장은 불가능하다. 그러나 언제까지나 '근원과의 싸움'을 계속할 용기를 보여줄 수는 있다."
(*Towards a Poor Theater*에서)

葉化)되어 왔다. 그러나 연극은 그것이 아직 종교생활의 일부에 지나지 않았던 때에도 이미 연극이었던 것이다. 즉, 연극은 생활 그 자체였으며, 신화에 피와 살을 주고, 신화를 모독하거나 아니면 신조차도 초월함으로써 인간의 정신적 에너지를 해방시킨 것이다. 연극을 단순한 예술로 분리시켜 생각한다면, 그것을 단지 인생에 윤기를 제공하는 부가적인 것으로 생각한다면, 그것은 연극을 잘못 인식하고 있는 것이다. 진정한 연극을 대할 때, 관객은 신화의 진실(즉 원초적 상징) 속에서 자기의 인간적 진실에 새삼스럽게 눈을 뜨고, 성스러운 것에 대한 외경에 의하여 단순한 감정배설적인 카타르시스가 아닌 진정한 정화(淨化)의 상태에 도달하게 될 것이다. 우리는 생활과 신화와 연극이 밀착된 예들을 동양 연극에서 발견할 수 있었다.

둘째, 연극은 통일된 상징으로의 복귀를 통해, 인간의 개별적 진리와 우주적 진리를 등식화(等式化)시키는 데 참여해야 한다. 오늘날의 상황은 매우 개체적인 것이 되었다. 사회의 집단들을 종교로 통제하는 일이 점점 어렵게 됨에 따라, 전통적인 신화의 형식은 유동하고 소멸하면서 탈바꿈을 하고 있다. 관객은 집단의 진리 또는 집단의 기준으로서의 신화와의 관계 속에서 더욱 개별화되고, 신앙은 점차 지적 확인의 문제 정도로밖에 받아들여지지 않는다. 이것은 가면 뒤에 숨겨져 있는 심층까지 도달하는 데 필요한 충격을 유발시키기가 매우 어렵게 되었음을 의미한다. 그러므로 그럴수록 우리에게는 단순화·통일화된 예술형식이 필요한 것이다. 한 예로 우리나라의 굿을 보면 그것을 짐작할 수 있다. 그것은 제정일치(祭政一致)뿐만 아니라 예술과 종교까지도 일치되었던, 그럼으로써 우주적 진리에 대한 집단적 접근이 가능했던 과거의 빛나는 증거물이다. 생활과 유리된 예술이 예술 자체로서 생활과 종교에 대한 하나의 상대적 등가물(等價物)이 되어서는 안 된다. 예술은 절대적 등가물이 되어야 한다.

셋째, 연극은 역시 인간의 행동 위에 기초하는 예술형식인 만큼 인간의 지각력에 대한 긍정적 믿음이 있어야 한다. 다시 말해서, 배우만이 신화를 부활시킬 수 있다는 말이다. 우리가 신화와 종교라는 공동체적 집단표상으로서의 상징을 상실하였다고는 하더라도, 인간 육체에 의한 지각력은 아직도 명맥을 유지하고 있다. 그러므로 인간인 배우만이 연극에 있어 가장 중요한 요소가 되는 것이다. 20세기에 들어와서 극도로 발달한 메커니즘 — 특히 조명, 음악 등의 현란한 효과 — 은 반드시 제거되어야 할 요소들이다. '살아 있는' 인간만이 인간 진리에 의한 신화적 체험 속으로 우리를 데려가 줄 수 있다. 왜냐하면 신화를 만든 것은 결국 인간이기 때문이다.

이상과 같은 이념 아래 연극은 민족과 언어를 초월하여 이른바 세계언어로서의 공감각적 수준으로 나아가야 한다. 그러기 위해서는 다음 몇 가지 실제적 문제들에 대한 재고(再考)가 뒤따라야 할 것이다.

첫째, 언어에 대한 재고다. 언어는 역시 완전무결한 전달수단은 되지 못한다. 언어가 일상적이고 공리적인 필요성에는 충족을 줄지 모르지만, 실체나 우주의 문제를 표현해 주지는 못한다. 게다가 언어는 나라마다 다르기 때문에 연극을 지역적으로 국한시켜 버린다. 번역만 가지고서는 세계적 공감을 기대할 수 없다. 그러므로 연극에 있어서의 언어는 점차 배제되어야 할 것이다. 필자가 생각하는 '세계연극'이나 '전체연극'은 일종의 텔레파시에 의한 이심전심의 연극이다. 연극이 국가 간의 이념적 · 역사적 · 문화적 차이와 괴리를 극복하여 전 인류적인 공감을 형성하기 위해서는 연극에 있어서의 문화형태적인 표피적 요소들을 지양해야 하는 것이다. 사실상 모든 예술 장르 가운데서 연극만큼 개인 간의 차이와 민족 간, 국가 간의 차이를 극복할 수 있는 것은 없다. 시에 있어서 번역이 얼마나 불가능한가를 생각해 보라. 그러므로 연극만큼은 언어가 그 표현상의 주 무기가 되어서는 안 되는 것이다. 이제 우리에게 필요한 것은 마음에서 마음으로 우주적인 교감을 통하여 이루어지는 연극이지, 단지 입술의 움직임만으로 이루어지는 연극은 아닌 것이다. 그러므로 나는 '무언극'의 미래에 많은 기대를 걸어본다. 또 실제로, 한국의 탈춤을 비롯한 동양 연극에서 그 가능성을 확인할 수 있다. 1976년에 한국의 가면극이 미국을 순회공연했을 때, 또 미국에서 오태석의 『태(胎)』가 한국어로 공연되었을 때, 그것들은 언어의 장벽을 초월하여 미국인들에게 큰 감동을 주었던 것이다. 한국의 가면극에 있어서, 여러 가지 재담이나 대사들은 입술이 가면에 가려졌기 때문에 명료하게 전달되지 않는다. 그럼에도 불구하고, 그 제의적인 민중의 전체적 축제로서의 '분위기'만을 통해서, 그 흥을 통해서 관객들에게 무언가 말로는 표현할 수 없는 공감과 새로운 생명력을 주게 되는 것이다.

둘째, 연극에 있어서의 모든 부가적 요소들이 제거되어야 한다. 조명, 무대장치, 의상, 음악효과 등의 다양화는 상대적으로 '배우'의 위치, 즉 인간의 위치를 축소시켰다. 현대의 모든 커다란 위기들이 기계문명에 의해서 빚어졌다고 볼 때, 연극에 있어서의 모든 메커니즘의 요소들은 무서운 장애가 되었다. 그러나 새로운 연극을 꾀하는 사람들 중에는 언어, 즉 희곡의 중요성을 배제할 것을 주장하는 반면에 새로운 분위기를 창조하기 위해서 조명의 효과에 크게 기대를 거는 사람들이 많이 있다. 이것은 중대한 착오다. 그것은 연극에다가 새로운 공해를 주입시키는 것에 지나지 않는다. 처음에 플라스틱이나 나일론이 나왔을 때 사람들은 그것의 유용성에 열광했다. 그러나 이제는 거기서부터 오는 공해와 그 해독에 골머리를 앓고 있는 것이다. 조명이나 음악도 마찬가지다. 조명에 있어 환각조명(블랙 라이트(black light) 등)을 사용한다거나 음악효과로 전자기타 등의 증폭된 굉음을 새로운 상징적 충격의 도구로 사용하는 것에 나는 찬성하지 않는다. 연극은 역시 인간과 자연, 인간과 우주 간의 깊고 깊은 선험적 교감에 바탕을 두어야지, 거기에 조작적인 것이 개입되어서는 안 되는 것이다. 그러나 그 반대로 인간의 나체를 새로운 충격의 계기로 이용한다면 거기에서는 순수하게 인간적 · 자연적인 환원이 이루어질 수 있다. 중국의 경극에서 묘한 초인적 곡예들을 연극에 도입시키는 것도 또한 좋은 본보기가 된다.

셋째, 연출가의 의미를 다시 생각해 보아야 할 것 같다. 엄밀한 의미에서 본다면, 연출가는 연극에 직접적으로 참여하지 않는다. 또 사실상 셰익스피어 시대의 연극까지만 하더라도, 연출가는 요즘의 무대감독 정도의 역할밖에 하지 못하였다. 20세기

초의 고든 크레이그(Gordon Craig, 1872-1966)는 현대 연극에 있어 연출가의 지배를 확립하고, 배우를 인형화 · 기계화시켰던 것이다. 이것은 명백한 의미에 있어서 연극의 퇴보였다고 생각한다. 연출가가 진정으로 연극을 만들어내는 장본인이라면, 우리는 배우의 연기를 연상할 필요도 없이, 연출가의 이론이나 의도를 설명 듣는 것만으로 충분할 것이다. 연극의 핵심은 역시 배우와 관객 상호간의 교감에 있다. 그러나 요즘 보이는 바와 같은 배우의 철학적 빈곤도 문제다. 연출가의 우위가 배우의 우위로 바뀌려면, 반드시 배우의 연극철학적 무장이 필요한 것이다. 우리의 일상적 동작이나 담화들이 사실상 모두 다 연극이 될 수가 있다. 연극이란 특별한 스토리가 있어야 되는 것은 아니다. 인생을 연극에 비교할 때, 인간은 모두 다 배우가 된다. 만일 우리 모두가 신이든 누구든 간의 지배 아래서 기계적 조작에 의해 움직이는 존재라면, 인생은 얼마나 슬프고 무의미한 것이 될 것인가를 생각해 보라. 연극에서의 '연출'이 별 의미를 가지지 못한다는 것은 그런 이유에서이다. 또, 배우가 단지 흉내를 잘 내는 기계가 되어서도 안 된다. 인생의 산전수전을 다 겪고서, 깊은 주름살이 진 얼굴로 담배를 한 대 피워 문 늙은 농부를 한번 연상해 보라. 그것 자체가 바로 연극적 공감을 창조해 내지 않는가. 모름지기 배우는 단순하면서도, 그러나 체험적인 그런 절박한 상황까지를 스스럼없이 표출해 낼 수 있는 인생철학을 지니고 있어야 할 것이다.

결국, 미래의 연극이 창조해 내야 할 것은 궁극적인 '자유'다.

현대 연극은 너무나 많은 것을 갖게 됨으로써 그 본질을 잃어 가고 있다. 언어나 장치나 조명이나 효과 같은 주변 예술적인 요소에 분해당해 그런 보조수단이 없으면 연극이 성립할 수조차 없게 되었다. 궁극적이고 원초적인 상징의 세계를 잃은 연극은 불순한 세속적 세력들, 즉 경제적 · 사회적 · 정치적 세력 유지의 수단으로 타락한다. 이럴수록 연극은 모든 잡스러운 부분을 털어내고 연극 본연의 근원적인 생명력에 의하여 다시 공동체의 세계, 민중의 세계로 돌아와야 한다. 너무나 많은 것을 가졌기 때문에 움직일 수 없게 된 지금의 연극은, 아무것도 갖지 않음으로써 자유로운 정신이 될 수 있게끔 '무(無)의 연극'이 되어야만 하는 것이다. 여기서 '무(無)'라고 한 것은, 인간이 가지고 있는 현상적 질서와 인습적인 형식, 윤리 등이 배제된 순수 · 절대의 세계를 말함이다. 연극이 다시금 '무'로 돌아갈 때, 모든 연극은 일원적으로 통일되어 본래의 신화적 상징의 의미를 회복할 수 있을 것이다.

[1977]

멜로드라마와 카타르시스

1.

'멜로드라마'라는 말은 연극, 영화, 소설, 텔레비전 드라마 등에서 상당히 막연한 개념으로 쓰인다. 멜로드라마의 개념을 간단하게 압축한다면, 연애를 주된 소재로 삼는 통속적이고 감상적(感傷的)인 연극, 소설, 영화 정도가 될 것이다. 멜로드라마(melodrama)는 원래 '음악(melo)'과 '극(drama)'이 합쳐진 말로서, 18세기 말에 프랑스를 중심으로 해서 만들어져 19세기에 유행했던 '음악극'을 가리키는 명칭이었다. 음악 반주를 곁들여 연극을 진행하는 형식으로 되어 있던 멜로드라마는, 등장인물의 성격적 갈등이나 사건의 개연성 등에 큰 관심을 두지 않으면서 '오락성'과 '감상성(感傷性)'을 추구하여, 당시 숫자가 불어나고 있던 중산층들로부터 크게 환영받았다.

연극의 한 장르로서의 멜로드라마는 현대에 들어와 영화나 뮤지컬의 형태로 발전했다고도 볼 수 있다. 영화에는 반드시 음악이 삽입되어 감상적이고 격정적(激情的)인 정조(情調)를 고조시키고 있고, 뮤지컬은 대사 중간에 노래가 섞여 들어가 한층 편안하면서도 단순한 정조를 자아내고 있기 때문이다. 그러나 모든 영화나 뮤지컬을 멜로드라마가 변형된 형태라고 볼 수는 없을 것이다. 원래의 멜로드라마는 선정성(sensationalism)과 감상성(sentimentalism)을 위주로 하는 오락극(또는 통속극)이었지만, 요즘 멜로드라마라고 불리는 영화나 연극은 선정성보다는 감상성에 더 초점을 맞추는 경향이 있기 때문이다.

19세기 유럽에서는 '감상적 희극(sentimentalism comedy)'이 유행했는데(여기서 희극이란 결말이 해피엔딩으로 끝나는 것을 가리킨다), 주인공의 불운에 대해 극단적 동정심을 유발시키는 것을 목적으로 한 연극이었다. 요즘 멜로드라마라고 불리는 것은 바로 이것에 더 가깝다고 볼 수 있다. 선정성을 극대화시키는 드라마나 영화로 우리는 폭력을 위주로 하는 활극이나 리얼한 성애를 다루는 에로물을 꼽을 수 있는데, 우리는 통념상 그런 드라마를 멜로드라마라고 부르지 않는다. 그러므로 요즘 쓰이는 '멜로드라마'라는 말은, 고전주의적 비극을 연애를 중심으로 한층 단순화시켜 대중적으로 만든 연극, 영화, 소설 등을 두루 지칭하는 용어라고 볼 수 있다.

시민계급이 형성되자 형이상학적 (또는 철학적) 메시지를 위주로 하는 고전적 비극은 더 이상 설 자리를 잃게 되고 말았다. 이를테면 그리스의 비극 작품은 내용과 형식이 너무 진지하고 무거워 소시민들에겐 별다른 재미를 주지 못했다. 또한 등장인물들도 영웅이나 귀족 중심으로 되어 있어 거부감을 느끼게 했다. 고전적 비극의 주제는 언제나 '운명의 힘'이었고, 줄거리는 대개 '인간의 의지와 운명의 힘과의 대결'에 기초하고 있었다. 그러다가 '운명의 힘 앞에 굴복하는 인간'을 보여줌으로써 막을 내리는 것이 보통인데(대표적인 예로 『오이디푸스 왕』을 들 수 있다), 이러한 구성을 밑받침해 주는 것이 철학적이고 현학적인 대사였다. 따라서 귀족적이고 고답적인 경건주의와 엄숙주의에 바탕하고 있는 그런 형식 자체가 대다수의 대중들에게는 더 이상 먹혀 들어갈 수 없었던 것이다.

멜로드라마적 양식은 연극이나 영화뿐만 아니라 소설에도 많은 영향을 미쳤다. 요즘도 우리는 연애 위주의 감상적 소재로 된 소설을 멜로드라마라고 부른다. 이 경우 소설의 줄거리도 중요하지만 '현학적 포장'이 없다는 사실이 더 중요하다. 다시 말해서 엄숙주의적 포장이나 이데올로기적 포장이 없는 소설을 우리는 일단 '멜로드라마적 소설'이라고 부를 수 있다.

이럴 경우 '감상적 연애'는 멜로드라마적 소설의 절대적 기본요건은 되지 못한다. 이른바 품격 높은 명작소설의 경우라 할지라도, 극히 적은 예외를 제외하고는(이를테면 멜빌의 『모비딕』이나 헤밍웨이의 『노인과 바다』 등), 대개 감상적 연애를 끼워 넣고 있기 때문이다. 도스토예프스키의 『백치』는 남주인공 무이쉬킨과 여주인공 나스타샤 사이의 '이루어질 수 없는 사랑'이 기둥 줄거리로 되어 있고, 톨스토이의 『안나 카레리나』도 안나와 브론스키 간의 '이루어지지 못하는 사랑'이 줄거리의 핵심을 이루고 있다. 그런데도 이런 소설이 통속적 멜로드라마라고 불리지 않는 이유는, 역시 '관념적 포장'과 '현학적 장광설'이 그런 기둥 줄거리를 에워싸고 있기 때문일 것이다

멜로드라마적 소설의 형식을 충실히 지키면서 대중에게 두고두고 사랑받고 있는 소설의 예로서 우리는 뒤마 피스의 『춘희(椿姬)』나 아베 프레보의 『마농 레스코』를 꼽을 수 있다. 두 작품 다 사랑의 비극을 별다른 사회적 · 역사적 서술 없이 감상적 터치로 묘사해 가고 있다. 그래서 같은 연애소설이라 할지라도 사회문제나 종교문제 등을 장황하게 곁들여 넣은 스탕달의 『적과 흑』이나 앙드레 지드의 『좁은 문』 같은 소설보다 격이 낮은 소설로 취급되는 경우가 많은 것이다. 그러나 근대 이후의 소설이 결국은 '대중적 오락'을 위한 '상품'으로 개발됐고 일반 독자들은 오직 '재미'를 얻기 위해 소설을 읽는다는 사실을 감안해 볼 때, 『적과 흑』과 『춘희』는 본질적으로 같은 성격을 지닌 연애소설이라고 볼 수밖에 없다.

20세기 후반에 들어와 도스토예프스키 같은 '사상가적인 작가'나 제임스 조이스 같은 '형식미학적 작가'는 대중들로부터 차츰 멀어지게 되었다. 이른바 '대가'나 '문호'라는 개념이 서서히 사라지게 된 것이다. 그런 현상의 배후에는 영화나 텔레비전 드라마의 보급이 큰 역할을 하였다.

19세기까지만 해도 일반 대중들이 여가를 때워나갈 수 있는 방법은 '책 읽기'기 고작이었다. 물론 연극이나 오페라 같은 것이 있었지만 요즘의 영화나 텔레비전만큼 대중성을 확보하고 있는 것은 아니었다. 그러나 20세기에 들어와 영화가 개발되고 뒤

이어 텔레비전과 비디오가 등장한 이후부터는, 지루한 소설을 읽는다는 것은 '고문'으로 인식될 수밖에 없었다. 물론 소수의 지식계층 독자나 문학 비평가들은 여전히 19세기 식 본격문학을 선호했다. 하지만 시대의 대세는 점점 '엔터테인먼트(entertainment)'로서의 소설을 요구해 가고 있었다.

또한 『레미제라블』이나 『전쟁과 평화』 같은 과거의 장황한 명작들이 영화나 텔레비전 드라마로 압축되어 극화되면서, 이른바 '잔소리'가 많아 건너뛰어 읽을 수밖에 없는 명작소설들은 더욱더 '읽을거리'로서의 효용을 지니지 못하게 되었다. 이런 상황에서 소설은 점점 더 '가벼운' 쪽으로 흐르게 되었고, 무거운 철학적 사변을 늘어놓는 소설은 상품으로서의 기능을 잃어버리게 되었다. 멜로드라마적 소설이 대중적 상품으로서의 확고한 위치를 차지해 가게 된 것은 이런 이유 때문이다.

2.

멜로드라마가 '재미'를 주는 까닭은, 그것이 카타르시스의 심리적 메커니즘을 잘 활용하고 있기 때문이라고 볼 수 있다. 아리스토텔레스의 『시학』에서 비롯된 '카타르시스'란 말은 원래 '배설'을 의미하는 것이었다. 아리스토텔레스는 스승 플라톤이 "비극은 쓸데없이 감정을 고양시켜 이데아적 자각을 방해한다"고 주장한 데 불만을 느껴, "비극은 연민과 공포를 통해 억압·축적된 감정을 배설시킨다"고 주장했던 것이다.

카타르시스는 흔히 '정화(淨化)'라고 번역되는데, 의학적 개념으로서의 카타르시스가 '숙변(宿便)의 배설'이라고 볼 때 틀린 말은 아니다. 말하자면 숙변이 배설되면 장(腸)이 '정화'되어 건강을 회복할 수 있기 때문이다. 그러나 '정화'를 '도덕적 정화'의 의미로 파악하면 곤란하다. 아리스토텔레스는 비극 감상을 통한 '묵은 감정의 배설'이 정신적 치료 효과를 지닌다고 믿어 '카타르시스'라는 말을 사용했기 때문이다. 그러므로 카타르시스는 '정화'가 아니라 '대리배설'로 번역하여 사용하는 것이 옳다(카타르시스의 본질 및 효용에 대한 더 자세한 설명은 필자가 쓴 책 『카타르시스란 무엇인가』(철학과현실사, 1997)를 참조하기 바란다).

인간은 복잡한 사회생활을 해나가면서 여러 가지 욕망이 억압될 수밖에 없다. 그러다 보면 응당 우울과 슬픔, 분노 등을 맛보게 된다. 사랑에 실패해서 우울감에 빠져들 수도 있고, 하고 싶은 일이 뜻대로 안 되어 울화가 치밀어오를 수도 있다. 또는 성적 욕망(eros)이나 죽음에 대한 욕망(thanatos)의 좌절이 인생의 무상감(無常感)으로 환치되어 슬픔이나 우울감을 자아내기도 한다. 그런데 그런 감정들을 가슴속에 묻어두기만 하면 우울감과 애상감, 또는 욕구불만은 더욱 심해지고 정신은 혼란 상태에 이른다. 이럴 때 그런 감정이나 본능들을 시원하게 대리배설시켜 줄 장치가 필요한데, 대부분의 인간들은 도덕적 수양이나 사회적 체면 유지, 또는 인내력의 배양 등을 강조하는 윤리적 통념에 억눌려 억압된 감정을 제대로 표출시키지 못한다. 어떤 사람들은 그런 감정들을 아예 잠재의식 깊숙이 묻어두어 스스로 자각조차 못하는 경우도 있다. 그래서 '화풀이 식 대리배설'을 위해 심통 사나운 권위주의자가 되기도 하고 병적 사디스트가 되기도 하는 것이다. 이럴 때 필요한 것이 바로 카타르시스다.

카타르시스 효과는 현대 정신분석학자들이 말하는 '소산 반응 효과(消散反應效果)'와 비슷한 점이 많다. 잠재의식 속에 묻혀 있던 억압된 콤플렉스들을 끄집어내도록 하여(다시 말해서 재경험시켜) 실컷 말로 쏟아내게 함으로써, 그런 콤플렉스들로부터 해방되도록 하는 것이 바로 '카타르시스 요법'이고 그 결과로 얻어지는 것이 소산 반응 효과인데, 이럴 경우에는 '대리배설'이 아니라 '직접배설'이 되는 셈이다. 그러나 정신분석학적 카타르시스 요법에는 뛰어난 의사의 유도가 필요하고, 억압된 콤플렉스 대부분이 오이디푸스 콤플렉스 등 가족관계에 한정된다는 약점이 있다. 또한 환자가 자신의 억압된 욕구를 의사에게 전이(轉移)시키기도 하여 또 다른 골치 아픈 문제를 야기하기도 한다. 말하자면 스스로 자연스럽게 모든 자잘한 '울화'나 '욕구불만'들을 배설시킬 수 있는 방법은 못 되는 것이다. 한국인의 경우 모든 울화의 배경에는 한(恨)의 심리가 깔려 있는데, 이런 한의 심리가 성적(性的) 콤플렉스와 함께 해소되어야 한다.

아리스토텔레스는 더욱 편안하게(말하자면 수동적으로) 억압된 정서들을 대리배설시킬 수 있는 방법을 연극과 음악에서 찾았던 것 같다. 다시 말해서 그는 표면의식에 직접 작용하지 않으면서 잠재의식 속의 근원적 울화를 자연스럽게 풀어버릴 수 있는 방법을 모색했다고 볼 수 있다. 그는 『정치학』에서 음악의 효용에 대해서도 논하고 있는데, 음악은 교훈이나 오락을 주기보다 카타르시스를 준다고 주장하고 있다. 이 경우 그가 가리키는 음악은 고상하고 교육적인 음악이 아니라 광란적(狂亂的)인 음악이다. 광란적인 음악에 묻혀 있다 보면 억압된 감정이나 욕구의 대리배설이 저절로 이루어진다는 것이다. '광란적인 음악'은 '고통으로 가득 찬 비극'과 통하는 것으로, '정서의 평정'이 아니라 '정서의 극한적 고양'을 목적으로 한다. 말하자면 그는 이열치열식 방법을 제시하고 있는 셈이다.

멜로드라마는 주로 감상적 정조를 가지고 관객의 마음에 호소한다는 점에서 아리스토텔레스 시대의 비극과는 다르다. 아리스토텔레스 시대의 비극은 감상적 정조보다는 이성적 정조를 위주로 하였다. 그때는 엘리트 시민계급들에게만 연극 감상이 허용되었고, 모든 예술의 바탕에는 어쨌든 철학이 깔려 있었기 때문이다. 그러나 그 시대의 비극이라 할지라도 결국은 주인공이 겪는 '운명적 고통(pathos)'을 부각시킨 것이었으므로, 현대의 멜로드라마와 크게 다르지는 않다고 본다. 현대의 멜로드라마 역시 운명적 고통을 다루고 있기 때문이다. 단지 다른 것이 있다면, 현대의 멜로드라마는 형이상학적 애상감을 정서적 애상감, 즉 센티멘털리즘으로 바꿔놓았을 뿐이다.

연극이나 영화, 소설 등을 보면서 관객이나 독자가 카타르시스(대리배설)의 효과를 체험하는 것은 관객이나 독자의 감정이 극중 인물에게 투사(投射)되거나 이입(移入)되기 때문이다. 말하자면 관객이나 독자는 극중 인물과 스스로를 동일시하게 되고, 극중 인물이 겪는 슬픔과 고통을 자신이 겪는 슬픔과 고통처럼 느끼게 된다. 그래서 이열치열의 효과가 발생하게 되는 것이다.

아리스토텔레스의 주장에 의하면 이럴 때 동원되는 것이 '연민'과 '공포'의 감정인데, 연민이란 극중 인물(또는 자기 자신)이 당하는 고통에 대해 측은한 마음을 느낀다는 뜻이고, 공포란 극중 인물(또는 자기 자신)에게 가해지는 '운명의 힘'에 대해 공포를 느낀다는 뜻이다. 이 경우 '공포'는 극중 인물과 똑같이 자기 자신에게도 닥쳐올지 모르는 운명적 비극에 대한 예기 불안(豫期不安) 심리라고 볼 수 있다.

그런데 연민의 감정과 공포의 감정 가운데서 우리를 더 편안한 카타르시스로 이끌어가는 것은 아무래도 연민의 감정일 수밖에 없다. 인간은 실존적 공포 앞에서 오로지 전율할 수밖에 없고, 감상적인 눈물을 흘릴 여유는 없는 것이다. 연민의 감정에는 이미 어느 정도의 '우월감'과 '모면감'이 들어가 있다. 이를테면 우리가 불쌍한 거지를 보고 눈물을 흘린다고 할 때, 그런 '연민의 정' 배후에는 '내가 그래도 거지는 아니다'라는 생각이 깔려 있는 것이다. 말하자면 내가 거지보다는 우월한 위치에 있다는 '안도감'과 거지 상태로부터 벗어나 있다는 '모면감'이 한결 편안한 눈물을 가능케 한다고 볼 수 있다.

그러므로 멜로드라마는 공포보다는 연민에 중점을 두고 만들어지는 비극이라고 할 수 있다. 그렇기 때문에 멜로드라마에는 존재론적 담론이나 형이상적 담론이 끼어들어 가지 않는 것이다. 물론 같은 연민이라 해도 중생(衆生)이 겪는 고통을 보며 측은지심을 느꼈다는 부처의 연민 같은 '거룩한 연민'이 있을 수 있다. 하지만 멜로드라마에서 그런 연민을 유도했다가는 관객이나 독자가 그만 질려버리고 만다. 그런 감정은 철학적 부담감을 수반할 수밖에 없기 때문이다. 대중은 별 부담감 없이 느낄 수 있는 연민을 통해 스스로의 슬픔을 표출시키기를 원한다. 자기 연민에 너무 깊이 빠져들다 보면 극도의 절망감에 다다를 수밖에 없다는 것을 잘 알고 있기 때문이다.

멜로드라마가 '연애'를 주된 소재로 삼는 것은 이런 까닭에서이다. 연애는 어느 정도 '유희'의 성격을 띠고 있기 때문에 치명적인 상처를 남기지는 않는다. 물론 실연의 상처 때문에 자살하기도 하고 이루어질 수 없는 사랑 때문에 정사(情死)를 감행하기도 하는 일이 현실에서는 종종 일어난다. 하지만 그런 극단적 경우라 할지라도 옥고(獄苦)나 병고(病苦) 또는 파산고(破産苦) 때문에 자살하는 것보다는 훨씬 나은 것이다.

불치병에 걸려 시한부 인생을 사는 사람이 겪는 절망적 한계상황, 사형 집행 직전의 사형수가 느끼는 절망적 공포, 파산한 사업가가 느끼는 극한적 절망감 같은 것에 비해 볼 때 실연의 고통은 한결 달착지근하고 감미롭다. 아니 적어도 그것을 직접 겪지 않고 바라보기만 하는 관객이나 독자의 입장에서는 그렇다. 멜로드라마가 센티멘털한 연애 감정을 주된 정조로 삼는 것은 그런 이유에서이다. 말하자면 비교적 부담감을 적게 주는 '가벼운 연민'을 통해 카타르시스를 유도하고자 하는 것이다.

3.

카타르시스가 '억압된 감정의 대리배설'을 의미한다고 할 때, '억압된 감정'의 이면에는 역시 '억압된 욕구' 또는 '이루지 못한 욕구'가 자리 잡고 있다. 그리고 배설은 곧 쾌감을 가져와 만족감을 느끼게 하므로 '대리배설'을 '대리만족'으로 이해해도 별 무리가 없다.

인간의 원초적 욕구 가운데 가장 기본적인 것은 역시 식욕과 성욕일 것이다. 그런데 식욕을 대리배설(또는 대리만족)시킨다는 것은 거의 불가능하다. 어린아이가 손가락을 빠는 행위를 하는 것은 식욕을 대리만족시키기 위해서 하는 행위이면서 동시에 성욕(즉 구강성욕)을 대리만족시키기 위해서 하는 행위다. 그러나 처음엔 식욕의 대리만족이 잠시 이루어질지 몰라도 나중에 가서는 결국 배고픈 상태를 자각하게 된다. 배가 고플 때 어린아이는 그저 울어버릴 수밖에 없고 다른 대리적 수단이 없다. 그런 사실을 본능적으로 자각하고 나서도 어린아이가 계속 손가락을 빠는 행위를 되풀이하는 것은, 역시 구강성욕을 대리만족시키기 위해서 하는 행위라고 볼 수밖에 없다.

프로이트는 어른이 담배를 피운다든지 다변(多辯)이 된다든지 껌을 씹는다든지 하는 행위 역시 구강성욕을 대리만족시키기 위해서 하는 행위라고 했는데, 일리 있는 관찰이라 하겠다. 이처럼 성욕의 대리배설(또는 대리만족)은 일상생활 중에서도 어느 정도 가능한 게 사실이다. 사람들은 성욕뿐만 아니라 명예욕이나 재물욕 등 식욕을 제외한 다른 욕망들 역시 대리배설시켜 보려고 노력하는데, 그것은 대체로 꿈이나 몽상 등을 통해서 이루어진다.

그런데 자기가 원하는 꿈을 마음대로 골라서 꾸기 어렵고, 원하는 몽상 역시 마음대로 이루어지기 어렵다. 도덕이나 양심, 윤리 등이 사사건건 간섭하며 '검열'을 수행하고 있기 때문이다. 이럴 경우 사람들은 도덕으로부터 한결 자유로운 허구적 예술을 필요로 하게 되는데 연극이나 영화, 소설 등은 말하자면 그런 필요에 의해 만들어진 '인공적 꿈'이라고 볼 수 있다.

그렇다면 멜로드라마가 주는 카타르시스 효과는 주로 어떤 욕망에 작용하는 것일까? 멜로드라마의 기본적 요소는 역시 사랑 즉 성욕이고, 사랑 중에서도 '특이한 사랑', 다시 말해서 '우여곡절이 많은 사랑'이나 '기구한 사랑'이다. '선남선녀 두 사람이 중매로 결혼하여 아들딸 낳고 잘 살았다'는 줄거리로 된 멜로드라마는 없을 것이다. 기혼자와 미혼자 간, 또는 기혼자와 기혼자 간의 불륜적 사랑이나 이루어질 수 없는 사랑, 처녀 총각 간의 이루어지기 어려운 사랑(이 경우에는 신분 차이나 가족의 반대 등이 방해 요인으로 작용한다) 등이 멜로드라마의 주된 소재가 된다. 그런 소재로 된 멜로드라마는 결국 비극적 결말로 끝나 센티멘털한 정조를 느끼게 해주지만, 관객이나 독자가 맛보는 대리배설적(또는 대리만족적) 쾌감의 핵심은 역시 '윤리적 해방감'과 '권태로운 일상(日常)으로부터의 탈출감'에 있다. 그 가운데 더 보편적인 쾌감으로 기능하는 것은 아무래도 후자일 것이다.

우울증이나 신경쇠약, 또는 정신 신체증(精神身體症: 정신적 원인으로 신체에 통증이 오는 것) 같은 병의 원인은 돌연한 실연이나 사업의 실패 같은 '급성 재난'이 아니다. 현대인에게 많은 여러 가지 신경성 질환들은 대개 만성적인 '권태'가 원인인 경우가 많다.

급작스러운 위난이 닥쳐왔을 때 인간은 도리어 강렬한 긴장감과 함께 동물적 생존욕구로 자신의 심신상태를 재무장하게 된다. 우울증 등의 신경성 질환에 빠져들게 되는 진짜 원인은 전혀 변화가 없는 일상의 무게 때문이고, 판에 박은 도덕률에 대한 짜증 섞인 권태감 때문인 것이다.

40대나 50대 나이의 건강한 중년 남녀들 가운데 간암이나 위암 따위로 졸지에 죽어버리는 사람들이 많다. 그런데 그들 대부분은 모범 가장(家長), 모범 주부이거나 모범 사원들이다. 그 중엔 종교적 신앙심이 두터운 사람도 많고 술이나 담배를 안 하는 사람도 많다. 그들은 겉보기엔 법 없이도 살 사람들이요 온화한 인격자들이고, 인내심이 강한 사람들이다.

하지만 그들의 속은 곪을 대로 곪아 있다. 그래서 아무런 극적(劇的) 변화 없이 지루하게 계속된 일상사가 그들을 잠재적 우울증 환자나 신경쇠약자로 만들어 결국은 이 세상을 떠나게 만들어버리는 것이다. 그들의 잠재의식 속에는 '돌연한 죽음'이라는 사건이, 드라마틱한 긴장감을 불러일으키는 비장의 무기나 최후의 수단 역할을 하며 내장(內藏)되어 있었던 셈이다.

이런 공식은 문학작품에도 그대로 적용된다. 두고두고 읽히는 명작소설이란 것들은 하나같이 '드라마틱한 실연'이나 '돌연한 죽음' 따위를 소재로 삼고 있기 때문이다. 다시 말해서 멜로드라마적 소재를 채택하고 있는 것이다.

뒤마 피스의 『춘희』에 나오는 여주인공 마르그리트는 사주팔자 면에서만 본다면 박복한 여인임에 틀림없다. 그녀는 매춘부인데다가 스물세 살 꽃 같은 나이에 폐병으로 죽어버렸으니 말이다. 그런데도 지금껏 수많은 독자들이 그녀에게 열광하는 이유는 무엇일까? 그것은 다름 아니라 그 여자의 삶이 평범한 상식의 수준을 뛰어넘었기 때문이다. 말하자면 '짧고 굵게' 살았기 때문이고 강렬한 연애 체험을 해보았기 때문이다. 그것은 『마농 레스코』나 『젊은 베르테르의 슬픔』 같은 소설, 그리고 『애수(哀愁)』(원제는 '워털루 브리지')나 『길』 같은 영화의 경우도 마찬가지다.

여성 독자들에게 '일찍 죽는 춘희'를 택하겠느냐, 아니면 '오래오래 권태롭게 사는 안방마님'을 택하겠느냐고 물어보면 아마도 대다수의 여성들은 전자를 선택할 것이 틀림없다.

우울증이나 신경쇠약에 걸리면 대개는 몸이 빼빼 말라간다. 또는 스트레스를 먹는 것으로 풀어 몸이 비대해지는 경우도 있다. 이럴 때 마른 사람들에게 무조건 보약을 먹이거나 뚱뚱한 사람들에게 다이어트를 시켜봤자 별로 효과를 못 본다. 먹는 게 문제가 아니라 '생각하는 게' 문제이기 때문이다.

몸이 마르면서 식욕이 없어지는 것은 정열이나 정력을 써버릴 만한 대상(즉 성적 파트너)이 없어 에너지를 필요로 하지 않기 때문이다. 또 반대로 무조건 먹어 살이 찌는 것은 자신의 몸을 추하게 만들어 성적(性的) 외로움에 대한 '핑계'를 만들어내기 위한 것이다. 말하자면 '나는 뚱뚱하기 때문에 연애를 못한다'는 방어적 자위(自慰)의 구실을 만들어내는 것이라고 볼 수 있다.

요즘 건강법에 대한 관심이 고조되면서 '사랑'을 강조하는 의사들이 늘어가고 있다. 그러나 '사랑'만 가지고는 건강해지지 못한다. '사랑'은 '욕망'과 동의어라는 사실을 숙지해야 하고, 동물적 성욕을 배설할 대상을 떳떳이 찾아 나설 수 있는 '뻔뻔한 용기'가 있어야 건강해지는 것이다. '정신적 사랑'은 자칫 만성적 권태증의 원인이 되기 쉽다. 대부분의 정신적 사랑은 종교적·도덕적 자기 검열을 수반하여, 그 사람을 '인내력'의 노예로 만들기 때문이다.

이럴 때 상당한 효과를 발휘하는 것이 바로 멜로드라마다. 본능적 사랑을 찾아 나설 수 있는 '뻔뻔한 용기'를 가진 사람이란 사실 많지 않기 때문이다. 멜로드라마는 원초적 사랑에 대한 욕구를 카타르시스시켜 주기 때문에 그 사람의 마음을 한결 평정한 상태로 이끌어가게 되고, 아울러 권태로운 일상으로부터의 홀가분한 탈출감을 맛보게 해준다. 독자나 관객에게 그런 카타르시스가 가능해지는 이유는 역시 멜로드라마가 갖는 '단순성' 때문이라고 할 수 있다. 개연성이 없어 보이는 도식적인 플롯과 별다른 현학적 잔소리가 없는 서사 방법이 오히려 독자나 관객으로 하여금 편안한 몰입을 가능케 해주는 것이다.

4.

멜로드라마가 '재미'를 통해 카타르시스 효과를 창출해 내려면 감상적인 내용에 곁들여 퇴폐적인 내용이 들어가 있어야 한다.

나는 멜로드라마로 불리든 안 불리든, 모든 소설이 주는 재미의 본질이 결국 '감상(感傷)'과 '퇴폐'에 있다고 생각한다. 아무리 복잡한 사상을 담고 있는 것 같아 보이는 작품일지라도 그런 주제의식은 '포장'이 될 수밖에 없고, 기둥 줄거리를 통해 독자가 얻는 카타르시스의 본질은 '감성을 억압하는 엄숙한 이성으로부터의 상상적 탈출'과 '답답한 윤리로부터의 상상적 일탈(逸脫)'을 통해 얻어지는 '감상'과 '퇴폐', 즉 멜로드라마적 재미에 있다. 거기에 곁들여 추가되는 것이 있다면 '과장', '청승', '엄살', '능청', '비꼼', '익살' 같은 것이 될 것이다.

감상과 퇴폐를 교묘하게 얽어서 소설로 형상화시켜 놓고, 그러면서도 '통속물'이라는 소리를 듣지 않고 그런대로 '문제작' 소리를 듣는 소설 중 대표적인 것을 고른다면 역시 독일 작가 레마르크의 『개선문』을 들 수 있을 것이다.

『개선문』의 기둥 줄거리는 사실 '퇴폐적 사랑'이다. 그런데 작가는 거기에다 나치즘에 대한 고발과 전쟁에 대한 증오를 교묘하게 양념으로 곁들여 넣음으로써, 연애소설을 '반전문학(反戰文學)'으로 승화시키는 데 성공했다.

내가 연애소설을 읽으면서 센티멘털한 감동에 벅차 울며 카타르시스를 느꼈던 것은 뒤마 피스의 『춘희』와 레마르크의 『개선문』 정도다. 둘 다 퇴폐적인 여인이 주인공으로 나온다는 게 공통점인데, 이상하게도 소설에는 그런 여성이 나와야 공감을 준다. 이 두 작품 말고도 아베 프레보의 『마농 레스코』나 메리메의 『카르멘』, 도스토예프스키의 『죄와 벌』 등에도 몸을 파는 여자나 정조관념이 없는 여자가 등장하여 독자들을 사로잡는다. 아마도 우리가 권위적이고 이중적인 위선으로 가득 찬 현실 윤리에 숨 막힐 정도로 짓눌려 있기 때문일 것이다.

그러나 내가 『개선문』을 보면서 울었던 것은 단지 일탈적 카타르시스나 예사로운 감상 때문만은 아니었다. 우선은 『개선문』의 여주인공 '조앙 마두'가 너무나 매력적이면서도 불행한 여인이라서 울었지만, 사실은 내가 그런 멋진 여자와 한 번도 사랑을 나눠보지 못했다는 게 원통하고 절통해서 울었다. 말하자면 '질투'와 '선망'의 심리가 작용한 셈인데, 멜로드라마가 카타르시스를 주는 이유 가운데는 바로 이 질투와 선망의 심리를 고조시킨다는 것이 하나 더 들어간다. 말하자면 그런 심리가 작품에 대한 몰입에 가속도를 내게 하는 것이다.

『개선문』은 여주인공이 주는 허무적 이미지의 매력과 함께, 서글픈 페이소스를 안겨주는 스토리가 일품이다. 『개선문』의 배경은 제2차 세계대전 발발 직전의 파리. 실연의 상처와 온통 허무해 보이기만 하는 세상살이에 지쳐 센 강물에 뛰어들어 자살하려고 하는 혼혈 여인 조앙 마두(그녀의 직업은 삼류 가수다). 그리고 그 곁을 지나가다 우연히 그녀를 구해 주게 되는 외과의사 라비크.

라비크는 나치 독일에서 불법적으로 망명해 온 사람인데, 자기 때문에 애인이 게슈타포(비밀경찰)에 끌려가 고문당하며 죽어간 기억으로 인해 가슴속에 뼈저린 한을 간직하고 있는 서글픈 보헤미안이다.

외로움에 지쳐 있던 두 사람은 급속도로 가까워지게 되고, 허겁지겁 살을 섞는다. 그러나 라비크가 그의 철천지원수인 게슈타포 간부가 파리에 와 있을 때 그를 암살하는 등 다른 일에 몰두해 잠깐 여자를 등한시하는 동안, 조앙 마두는 한시도 참을 수 없는 고독과 타고난 관능성, 그리고 자포자기적 방탕성 때문에 돈 많은 건달 청년과 바람을 피운다.

조앙의 배신에 분노하는 라비크. 그러나 그 역시 뼈저린 외로움 때문에 조앙을 잊을 수 없다. 그래서 조앙과 다시 가끔 만나기도 하고, 완전히 자기에게 돌아와 달라며 티격태격 싸우기도 한다. 그러는 동안 조앙은 결국 치정 어린 질투심에 눈이 먼 건달 청년이 쏜 총에 맞아 죽는다.

총에 맞은 조앙을 수술하는 라비크. 그러나 도저히 그녀를 살려낼 수가 없다. 죽어가는 여자는 라비크에게 "사랑해요"라고 말하고, 라비크 역시 그녀에게 처음으로 사랑을 고백한다. "사랑하오. 당신은 나의 전부였소"라고.

이 소설의 마지막 대목은 정말 신파조요, 멜로드라마적 분위기의 극치다. 그런데도 독자의 심금을 울리는 것은 작가가 시치미를 떼고서 표현해 내는 섬세하고 치밀한 '사랑 예찬' 때문일 것이다. 아무리 부자연스럽고 개연성 없는 상황 설정이라 할지라도, 묘사나 서술이 그럴듯하면 독자는 대개 속아 넘어가 준다. 사실 소설의 본령(本領)은 그런 데 있다. 소설이란 작가가 리얼리즘을 표방하든 낭만주의를 표방하든, 원래 꿈이요 허구요 '그럴듯한 거짓말'이기 때문이다. 이 '그럴듯한 거짓말'에 애틋한 연애와 감상적 정서를 실어 엮는 것이 바로 멜로드라마라고 할 수 있다.

『개선문』은 두 번 영화화되었다. 이 작품이 발표된 직후인 1947년에는 잉그리드 버그만과 샤를 보아이에가 주인공으로 나왔고, 흑백으로 만들어졌다. 그리고 1980년대 중반쯤에는 조앙 역으로 레슬리 앤 다운이 나왔고(라비크 역의 배우 이름은 잊어

버렸다), 컬러였다. 그런데 두 영화 모두 소설에 비해서는 별 신통한 반응을 못 얻고 말았다.

내가 생각하기엔 여주인공인 조앙 마두의 이미지를 여배우들이 제대로 살려내지 못했기 때문이 아닌가 한다. 잉그리드 버그만은 예쁘긴 하지만 체격이 너무 크고 투실투실해서 조앙 마두의 퇴폐적이고 신경질적인 이미지에는 들어맞지 않았다. 다시 말해서 멜로드라마의 특성인 '감상성'을 살려내지 못했다. 그리고 레슬리 앤 다운은 전형적인 미인형의 얼굴이긴 하지만 너무 똘똘해 보이는 인상이었다. 멜로드라마엔 똑 부러진 미인형보다는 백치형이 더 잘 어울린다. 관객에게 '편안한 우월감'과 더불어 '편안한 연민'을 느끼게 해주기 때문일 것이다.

요즘 소설이 영상매체에 밀려 위기를 겪고 있다는 얘기가 많이 나오고 있다. 하지만 나는 소설의 독자성과 가치는 그런대로 영원하리라고 본다. 소설은 주인공의 외모 등을 마음껏 뻥튀기며 부풀릴 수 있어 독자의 '상상적 참여'를 가능하게 하지만, 영화는 배우의 얼굴 등이 그대로 현시(現示)되기 때문에 관람객의 '상상적 참여'에 제한을 주게 된다. 소설을 가지고 영화로 만들었을 경우, 소설을 먼저 읽은 독자가 대개 실망하게 되는 건 그 때문이다.

그래서 영화로 성공한 멜로드라마는 원작소설이 없는 경우가 많다. 대표적인 예로 우리는 『카사블랑카』를 꼽을 수 있다. 투실투실한 체격의 잉그리드 버그만이 나와 감상성을 다소 감소시키기는 했지만, 스토리 자체가 완벽하게 멜로드라마적이고 원작소설 속의 여주인공과의 비교가 불가능했기 때문에 영화 자체로 성공할 수가 있었다.

레마르크의 대표작으로는 『개선문』 말고도 『서부 전선 이상 없다』가 있다. 작가가 제1차 세계대전에 참전해서 겪은 전쟁의 비참상을 그린 소설인데, 작품성이 뛰어나긴 하지만 연애 이야기가 안 나오기 때문에 『개선문』만큼 두고두고 읽히지는 않는 것 같다. 그런 것만 봐도 소설에서 연애, 또는 멜로드라마적 요소가 얼마나 중요한지를 알 수 있다.

그러나 같은 연애라 할지라도 너무 '건전한 연애'면 안 된다. 선남선녀가 만나 정신적으로만 사랑하고 드디어 행복한 결혼에 골인했다, 이런 스토리에 카타르시스를 느낄 독자는 없다. 멜로드라마적 소설에 나오는 연애는 역시 퇴폐적인 연애거나 불륜의 연애여야 한다. 이런 사실을 『개선문』은 잘 보여주고 있다.

『개선문』과 견줄 수 있는 멜로드라마적 소설은 많이 있다. 헤밍웨이의 『무기여 잘 있거라』, 에밀리 브론테의 『폭풍의 언덕』, 토마스 하디의 『테스』, 그레이엄 그린의 『사랑의 종말』 같은 것이 그렇다. 영화나 연극은 더욱 많은데, 대중에게 사랑받는 작품은 결국 멜로드라마가 될 수밖에 없다는 결론에 다다르게 된다. 특히 요즘 들어와 엄숙주의 문학이나 이데올로기 문학에 대한 대중들의 외경(畏敬)이 줄어들면서, 멜로드라마적 소설을 통해 억압된 감정이나 욕구를 카타르시스시키려고 하는 실용주의적 취향의 독자들이 많아지고 있다. 이런 사실을 문학 생산자들이나 문학 비평가들은 직시해야 할 것이다.

[1999]

현대 연극과 성

동서양의 연극이 다같이 풍년들기를 기원하는 원시적 제의(祭儀)에 그 기원을 두고 있다는 설은 매우 타당한 듯하다. 원시인들에게는 사계절의 순환이 매우 신비스럽게 보였다. 여름이 가고 겨울이 오면 백설이 뒤덮인 들판에 죽음의 정적이 찾아온다. 그때 원시인들은 이 겨울이 영원히 지속되는 것은 아닐까 하는 한없는 두려움에 휩싸였다. 그래서 이듬해 다시 봄이 돌아와 만물이 소생하기를 기원하는 제사를 신에게 드렸다.

고대 그리스의 디오니소스 제전은 바로 이 같은 제사이며 여기에서 비극이 생겨났다. 그래서 그리스극은 그 구성의 뼈대를 디오니소스 제전에서 그대로 가져오고 있다. 디오니소스의 탄생과 죽음, 그리고 부활을 의식으로 재현함으로써 계절이 바뀌어 다시 봄이 돌아오기를 기원했던 이 제전의 구성은, 비극에 있어 '삶—죽음—또 다른 삶'이라는 구성의 공식을 갖게 했다.

대개의 비극은 영웅적인 주인공의 삶을 초월한 투쟁을 담고 있는데, 극의 발단부에서 영웅은 안락하고 세속적인 삶을 누리다가 격렬한 불행의 소용돌이에 휘말리게 되고, 마침내는 파멸을 맞이하게 된다. 그러나 그의 파멸은 패배자로서의 비참한 종말이 아니라 더 높은 차원의 삶으로 승화되는, 즉 '초월적 체념'으로서의 의의를 갖는 것이다. 이것이 비극의 구성에서 가장 중요한 점인데, 이 구성의 공식은 심리적인 측면에서 풀이하자면 '이완－긴장' 또는 '갈등－이완'이라 할 수 있다.

관객의 입장에서 보았을 때 연극을 보러 가기 전의 관객은 이완 상태에 있다. 그러나 연극을 보는 동안에 그는 울고 웃고 화내고 때로는 공포와 긴박감에 휩싸이기도 한다. 그러다가 극의 종반에 가서 극의 사건이 해결됨에 따라 또다시 평온한 이완 상태로 돌아가게 된다. 그러나 이러한 이완 상태는 처음의 것과 같을 수가 없다. 그것은 관념적 포기로서가 아니고, 깨달은 자만이 누릴 수 있는 형이상학 체념의 경지로서의 이완 상태이기 때문이다.

이 같은 비극의 구성은 성행위의 체험과 비슷하다. 성행위 이전의 남녀는 이완 상태에 있게 되나 성행위를 통하여 격렬한 흥분 상태를 체험하게 되고, 성행위를 완료했을 때 다시 이완의 상태로 돌아오게 된다. 여기서 한 가지 중요한 사실은, 성행위의 목적이 고도의 흥분 상태에 도달하기 위한 것이 아니라는 점이다. 프로이트의 이론에 따르면, 성행위의 목적은 실상 '흥분으로부터 해방감'을 맛보기 위한 것이라고 한다. 곧 성행위에 있어 최대의 쾌감을 맛보는 순간은 오르가슴에 도달한 상태가 아니라 오히려 그 직후, 다시 말해 고도의 흥분 상태에서 해방되는 순간인 것이다.

이것은 연극에도 그대로 적용되는데, 우리가 스릴과 서스펜스 넘치는 액션 드라마를 관람하는 목적은 스릴과 서스펜스를 맛보기 위한 것이 아니라 실은 그것으로부터 해방되기 위한 것이다. 다시 말해서 '긴장의 해소'에 관람의 목적이 있다.

이것은 아리스토텔레스의 카타르시스 이론과도 통하는 것이라고 볼 수 있다. 즉 연극은 비극적 결말이 끝난 다음에 오는 모면감, 감정이입(感情移入) 상태로부터의 해방감을 목적으로 한다. 위기의 클라이맥스로부터의 탈출에서 오는 해방의 쾌감을 통하여 관객 각자가 스스로의 생존을 재확인하게 될 때, 그 연극은 카타르시스를 준다.

이것은 그대로 성행위의 패턴과 일치하는데, 연극이나 성행위나 모두 다 결국 생명의 연장을 위한 본능적인 몸부림이라는 점에서 그렇다. 연극의 모태가 되었던 디오니소스신이 바로 생명과 성, 또는 풍요의 신이었음을 상기할 때, 연극과 성의 관계는 더욱 명료해진다.

연극이 성을 직접적인 소재로 다루느냐 아니냐 하는 문제는, 연극과 성의 관계를 따지는 데 있어 지극히 피상적인 문제다. 문화가 발달함에 따라 성에 대한 여러 형태의 사회적 제약과 금기들이 증가되어 왔기 때문에, 연극과 성의 문제가 검열이라는 차원에서 주로 관심의 대상이 되고 있는데, 이것은 연극과 윤리의 문제이지 연극과 성의 문제는 아니다.

그런데 최근에 들어와 연극무대에서 대담한 성적 표출이 시도

되면서 외설 시비와 함께 무대에서의 성적 묘사의 한계에 대한 논란이 심심찮게 일어났다. 그러나 이러한 경향은 비단 연극에만 국한된 것이 아니었다. 하지만 영화보다도 연극이 이러한 점에 있어 크게 문제시된 것은 연극이 지닌 특성 때문이다. 즉 연극은 배우와 관객이 직접 대면하는 공연 예술이므로, 다른 매체들보다 훨씬 강한 현장감과 호소력을 가질 수밖에 없는 것이다.

연극무대에서의 성의 표현양태는 대체로 세 가지로 구별해 볼 수 있다. 언어적 표현, 행동적 표현, 상황적 표현 등이 그것인데, 이것들은 한 무대에서 동시적으로 나타날 수도 있다.

그러나 어떤 양태를 취하든 우리는 현대 연극에서 성을 다루는 두 가지의 대립된 태도를 발견할 수 있다. 하나는 성을 자연스러운 생활의 일면으로 보아 성 자체를 정직하게 그리려고 할 때 불가피하게 다루지 않으면 안 되는 경우이며, 또 다른 하나는 성의 표현 자체에 탐닉하려는 태도다. 전자가 진지한 연극의 태도라면, 후자는 에로티시즘을 상품화하려는 태도, 즉 센세이셔널리즘의 태도라고 할 수 있다.

연기자와 관객이 프로시니엄 아치에 의해 무대와 객석으로 구분되면서, 원시 제의에서 맛보던 '참여' 대신에 '관조의 미학'이 생겨났고, 연극 속의 성은 단지 관음증(voyeurism)의 대상으로밖에 존재할 수 없게 되었다.

즉흥적인 현장성에 의한 성욕의 직접적 충족은 불가능하게 되고, 육체적 욕구와 감정적 욕구의 솔직한 발산 대신에 은폐된 언어들과 양다리 걸치기 식의 이중적 성행동이 연극의 소재로 채택되었다. 그래서 연극 속의 성은 정치적 억압이나 사회적 병

리현상으로서의 매매춘을 풍자한다는 명목으로, 주로 사디즘적 소재만이 다루어졌던 것이다. 『부자유친』이나 『매춘』, 『카덴자』 등이 좋은 예다.

1960년대 들어와서 미국을 중심으로 한 실험연극의 집단들이 나체 출연 및 무대에서의 집단적인 성행위 묘사 또는 실연(實演)으로 세상을 떠들썩하게 한 것은, 근대 이후의 위선적 도덕주의 연극에 대한 치열한 반발에서 나온 것이다. 그래서 정치적 풍자도 아니고 센세이셔널리즘적 양념 구실로서도 아닌, 성 그 자체가 주는 원시적 에너지가 무대 위에 흘러넘치게 되었다.

'리빙 시어터'의 나체 연극이나 제의적 연극, 그리고 1960년대 초 앨런 카프로우에 의해 시작된 '해프닝' 운동은 성을 성 그 자체로 연극 속에 수용하려 했던 좋은 실례들이다. 이들은 성해방의 메시지를 통해 정치적 권위주의에 항거하려 했다.

이제 우리나라 연극도 더 이상 흥행만을 위한 수단으로 성을 이용하지 말고, 더 솔직하고 직설적으로 '원시적 제의 형태로서의 성'을 무대 위에 재현시켜야 한다고 나는 생각한다.

관객들은 이제 풍자나 이데올로기적 은유로서의 성표현에 식상해 버렸다. 그들은 성적 오르가슴을 통해 얻어지는 '무아의 경지'를 연극을 통해 확인하고자 원한다. 그러므로 앞으로의 연극은, 더 이상 어설픈 프로이트 이론이나 마르크시즘 연극에 있어서의 성적 표현을 방패로 삼을 것이 아니라, 더 원초적이고 우주적인 '육체언어(body language)'로서의 성행위를 과감히 무대 위에 펼쳐 나갈 수 있어야 한다.

[1989]

연극을 보는 심리

연극을 보러 사람들이 극장에 가는 이유는 재미를 찾기 위해서라거나 어떤 착상을 얻기 위해서, 또는 어떤 교훈과 감동을 얻기 위해서라는 등 여러 가지가 있을 수 있다. 그러나 역시 가장 근본적이고 핵심적인 이유는 억압된 성적 욕구를 사회적으로 용인된 방법으로 자연스럽게 푸는 데 있다고 하겠다.

이와 같이 연극이 억압된 성적 욕구를 풀어주는 역할, 즉 카타르시스의 작용을 하고 있다는 것은, 첫째로 연극무대의 구조를 보면 알 수 있다. 연극의 가장 기본적인 무대구조는 상자의 한 면이 터진 구조인데 이는 관객이 다른 사람의 삶을 몰래 엿보는 효과를 가져온다.

이와 같은 무대구조는 특히 프로이트의 오이디푸스 콤플렉스의 양상을 잘 나타내고 있다. 프로이트에 의하면 남자 아이는 어려서 어머니를 사랑하고 어머니와 성교를 가지고 싶어 하지만 자신의 경쟁 상대인 아버지의 강한 힘에 눌려서 그 소원을 성취하지 못한다는 것이다. 여자 아이는 이와 반대로 아버지를 사랑하지만 어머니에 의해 그 의도가 좌절된다. 이러한 오이디푸스 콤플렉스는 성인이 된 후에도 그의 행동과 정신생활에 많은 영향을 끼치는데, 연극은 이러한 오이디푸스적 갈등의 해소를 위한 한 방편이라고 할 수 있다. 즉 연극의 무대를 관객들이 몰래 엿본다는 것은 아이가 자신의 어머니와 아버지의 침실을 몰래 들여다보는 것을 상징하고 있다. 자신이 직접 어머니와 성교를 하고 싶지만 그렇게 할 수 없는 상황이므로 몰래 엿보는 것을 통해서 어머니의 나신(裸身)과 상징적인 성교를 하는 것이다. 이렇게 '엿보는 심리'를 관음증(觀淫症)이라고 한다. 연극의 관객은 '제4의 벽(壁)'을 통해서 연극하는 행위를 엿보며 이러한 관음증을 충족시킨다.

연극이 이와 같이 오이디푸스적 갈등에 의해 억압된 성적 욕구를 해소하기 위한 것이라는 사실은 관객의 태도를 통해서도 알 수 있다. 대부분의 관객들은 정장을 하고 극장에 가서, 연극에 '참여'하기보다는 무대로부터 떨어져서 지긋이 '관람'하기를 원한다. 그 이유는 다른 사람들과 같이 연극을 보는 상황에서 자신의 행동이 성적 욕구의 발로라는 사실을 감추기 위해서 가장하는 것으로, 더 엄격하고 근엄한 모습을 보임으로써 자신의 성적 행동의 표현을 위장하려는 것이다. 또한 객석이 있는 부분이 캄캄하게 어두운 것도 이러한 위장에 도움을 준다.

요즘 들어와서 연극이 주로 소극장 무대에서 공연되는 것도 위와 같은 이유에 의한 것이라고 추리된다. 즉 과거에는 거의 대극장 무대밖에 없었는데, 이는 여러 가지 문화적인 분위기가 성적인 것들을 금지시키고 있었기에 더 근접한 상황에서 '당당하게 훔쳐보는 것'을 억압했기 때문이었다. 그러나 오늘날 성개방 풍조와 함께 더 가까이서 엿보려는 충동이 강해졌고 이와 같은 결과로 소극장 무대가 활성화된 것이다. 말하자면 망원경으로 건너편 아파트의 침실을 훔쳐보는 것보다 열쇠 구멍을 통해서 여자의 나신을 음미하는 것이 더욱더 고조된 긴장과 흥분 그리고 희열을 주기 때문이다.

따라서 이와 같은 관점에서 앞으로의 연극이 나아가야 할 방향에 대해 생각해 보면, 역시 억압된 성적 욕구를 완전히 해방시키는 방법이 필요하다고 하겠다. 즉, 몰래 엿보는 만족에서 벗어나 전혀 죄의식을 느끼지 않고 본능의 카타르시스를 경험하는 것으로의 전환이 필요하다. 객석의 불을 환하게 켜두는 것도 한 방법이 된다. 또한 연극은 더 근본적인 성적 욕구의 해방(물론 대리적 · 상징적 배설행위를 통하여)을 위한 프로그램을 제시하고 관객들은 자연스럽게 참여하여, 여자 배우나 남자 배우와 더불어 당당한 카타르시스의 제의(祭儀)에 참여할 수 있도록 해야 한다.

그러려면 연극의 내용에 대한 당국의 검열과 윤리적 규제가 없어져야 한다. 연극은 말하자면 '꿈을 꾸는 행위'와 흡사한 것이다. 꿈의 내용은 대개 황당무계하고 변태적이고 에로틱한 장면으로 가득 차 있다. 그러나 사람은 잠을 자지 않고 살 수 없고, 꿈이 없는 잠은 불건강한 잠이다. 연극은 '낮에 꾸는' 꿈이다. 밤에 꾸는 꿈은 그 내용을 우리 마음대로 선택할 수 없지만 낮에 꾸는 꿈인 연극에서는 우리가 특별한 내용을 선택할 수가 있다. 꿈을 통해 우리의 근원적 본능인 성욕을 수동적으로 대리충족시키는 데 비하여, 연극을 통해 우리는 더 능동적으로 성욕을 대리충족시킬 수 있다.

연극의 발전을 위해서는 연극의 기본 속성을 파악하는 것과 더불어 연극인들의 노력과 참여하는 관객의 노력이 필요하다고 하겠다. 모든 이들의 노력에 의해 위선적인 윤리에 의해서 은폐되고 억압된 성적 욕구가 긍정적인 방향으로 대리배설되었을 때, 개인이 행복해질 수 있고 또한 건전한 사회를 이룩할 수 있을 것이다.

[1987]

전위연극의 미학

한국의 저널리즘적 해석의 전위연극에 대하여

1. 서론

전위의 개념은 항상 문제가 된다. — 필자에게 있어서의 전위 감각에 대한 개념은 한국의 저널리즘이 해석하고 있는 전위와는 다르다.

새로운 것은 전위다? 그러나 그렇지 않을 수도 있다. 기존 질서의 파괴는 전위다? 전위일 수도 있고 전위가 못 될 수도 있다. 한국적 저널리즘에서의 전위 감각 — 센세이셔널리즘과 스캔들리즘으로 뒤범벅된 신문 부수를 늘리기 위한 기삿거리 — 이 한국 연극에 어떤 도움을 주고 있는가는 실로 회의적이 아닐 수 없다. 전위라는 단어 자체를 원래 작가 자신이 인정한 단어가 아닌 다음에야 — 필자는 전위를 저널리스트들의 언어로 생각한다 — 사실 책임의 전부는 저널리즘이 져야 할 것 아닌가? 그러나 그 책임 — 진정한 전위연극을 왜곡한 — 을 저널리즘이 진다고 해도 이 땅에 전위가 있었을까 회의적이다.

프로시니엄 아치를 부수고 살롱이나 소극장으로 공간을 파괴한 것이 과연 새로운 시도이며 놀라운 쇼크를 준 — 꼭 필요한, 근본적으로 필연적인 — 전위인지 역시 회의적인 것이다. 결국 한국적 개념에서의 전위연극 — 연극계나 저널리즘을 합하여 — 은 있었으나 진정한 전위연극은 — 진정하다는 단어의 기능 자체에도 의문이 가지만 — 없었던 것이 아닐까?

전위연극의 기준이 무엇인지가 문제인 것이다. 기준이 무엇인가? 누구를, 무엇을 기준으로 해서 전위인가? 한국 연극계의 현 상황 — 그렇다면 그들은 현 상황을 예리하게 의식하고 있는 것일까? — 역시 부정적이다. 한국 연극이 주는 — 가면극, 인형극, 판소리 등 — 전위 감각(물론 서구적인 관점에서 전위 감각은 있을 수 있겠지만)을 확실히 인식하고 목적하고 의도하고 있는가? 고개가 흔들어진다. 파괴하지도 않은 채 파괴한 것 같은, 형식의 굴레를 벗지도 않은 채 벗은 것 같은, 알맹이는 없고 껍데기만 빙빙 도는 것이 전위 감각인가?

한국적인 전위연극은 한국적일 수밖에 없는 것이다. 표현파 연극도 전위요, 시극도 전위, 다다적인 색채가 있어도 전위, 조금 벗으면 전위, 오프 오프 브로드웨이(Off Off Broadway)도 전위, 사무엘 베케트, 외젠 이오네스코, 해롤드 핀터 모두 전위인 것이다. 신파부터 전위까지 난무하는 — 아카데미즘까지 결여된 설익은 — 그리고 때까지 묻은 아마추어리즘, 크기도 전에 늙어버린 것이 한국 연극계이며 또 그곳에서 이야기되고 있는 전위

연극이라면 나는 아무것도 쓸 것이 없게 된다. 억지로 웃기고(페이소스도 풍자도 아닌), 억지로 울리고(카타르시스도 아닌), 걸핏하면 지랄하고 벗고 하는 것이 전위는 결코 아니다. 예술행위에 있어서 전위의식은 항상 있어야 할 필수적이며 필연적인 것이 아니라면 역설적으로 언제나 존재하지 않은 것이다.

전위의식이라고는 눈을 크게 뜨고도 찾아볼 수 없는 (적어도 나의 관점에서 — 이 관점에 대해서는 결론에서 제시하겠지만) 곳이 이 땅이다. 리얼리즘조차 엉성한 것이 한국의 연극이다. 연극을 했다는 것 자체가 가상할 때는 이미 지난 것이 아닐까. 연극을 왜 하는가에 대한 확고하고 근본적인 대답을 할 수 있어야 할 것이다. 전위연극은 없었다. 그러나 프로시니엄 아치에서 뛰쳐나왔고 스토리텔링을 벗어나왔다. 백번 양보해서 그것을 한국적 전위라고 할 수밖에, 그 이상 더 무엇을 쓸 수 없는 것이 정말 가슴 아픈 나의 현실인 것이다. 한심한 한국적 전위는 쓸 것이 없다.

전위로 받아들여질 서구 연극의 형태에 대해서 기술하는 수밖에 없다. 우선 새로운 것, 보지 못한 것은 다 전위인 것 같다는 한국 저널리즘적 해석 아래서 말이다. 이 글은 서구적 관점에서의 전위연극도 아니고 한국적 관점에서의 전위연극도 아닌, 그 어떤 중간자적 성격을 띠고 소개하는 글, 비전문가적인 글이 될지도 모른다는 점을 우선 밝힌다.

한국의 전통적 양식의 가면극(양주산대놀이, 봉산탈춤), 판소리, 인형극을 제외한 이른바 서구의 연극, 그 중에서도 새로운 것이 아닐지라도 한국에서는 새로운 것이 될 아래와 같은 양상의 연극에 대해서 서술하기로 한다.

이반 골(Yvan Goll)이나 하트바니(Paul Hatvani)에 의해 끝남이 선언된 후의 새로운 차원과 양상에서의 표현파 연극, 패닉 플레이(공포극), 리빙 시어터, 오픈 시어터, 오프 오프 브로드웨이 스타일의 관객과의 밀접한 상호관계에서 오는 '새로운 감각'의 연극, 반연극(Anti Theatre) 등에 대하여 살펴보고자 한다. 특히 반연극의 기수라고 할 외젠 이오네스코(Eugene Ionesco), 부조리 연극의 거장 사무엘 베케트(Samuel Beckket), 현상학적 연극의 신예 해롤드 핀터(Harold Pinter), 그리고 에드워드 올비(Edward Albee) 같은 작가들의 작품과 스트리트 드라마(Street Drama)의 기수인 피터 슈만(Peter Suman)의 '빵과 인형극단(The Bread & Puppet Theatre)'에 대해 소개하기로 한다.

2. 본론

길에서 하는 연극(Street Drama)

돈도 받지 않는다. 보기를 강요하지도 않는다. 어린이야말로 최고의 관객이다. 목적은 사람의 마음속을 유령처럼 드나드는 일이다. 인형과 가면을 사용한다. "우리는 연극을 해야 할 진정한 필요성을 찾아내지 않으면 안 된다. 빵 같은 근본적인 필요성을." '빵과 인형극단(The Bread & Puppet Theatre)'의 지도자인 피터 슈만(Peter Suman)의 말이다.

피터 슈만은 '빵과 인형극단'을 이끌고 미국 전국을 순회공연한 스트리트 드라마와 인형극의 선구자다. 그들은 어디에서든지 연극을 했다. 리처드 세크너의 환경연극의 6대 원칙(① 연극 행사는 일련의 상호작용의 성립이다. ② 모든 공간이 공연을 위해 이용되고 모든 공간이 관객을 위해 이용된다. ③ 연극 행사는 전체적으로 변형된 공간이나 또는 주어진 공간에서 거행된다. ④ 초점은 융통성이 있고 가변적이다. ⑤ 모든 공연 요소는 제각기 자기 요소를 갖는다. ⑥ 텍스트는 공연의 출발점도 아니고 목적도 아니다. 텍스트가 전혀 없을 수도 있다.)에 그들의 연극은 거의 들어맞는다. 그들의 연극이 거의 정치적인 색채를 띠고 있음은 스트리트 드라마의 본질적인 특징인지도 모른다. 전쟁을 싫어하는 그들은 가끔 그들의 길거리 연극이 정치적인 색채를 띠는 것을 알고 있다.

사람들은 지나가다 멈춰 서서 연극을 본다. 다섯 살짜리 계집애가 알아듣지 못하면 성공이라는 낡은 언어는 이미 그 뜻을 상실했다. 어린아이가 이해하면 어른도 이해한다. 공연은 거의 바보스러워야 한다는 게 그들의 주장이다. 또한 최대한으로 집중되어야 한다. 거리에서는 그 강렬도가 극장보다도 몇 배 더해야 한다. 극장에서는 기교와 대사로 되지만 거리에서는 '무엇을 해야 할 것인가?'에 정신을 바짝 차리고 있어야만 한다. 이것이 스트리트 드라마다. 최대한의 강렬도와 고도의 집중력, 공간 파괴와 캐리커처되고 단순화된 인형의 표정에서 전달되는 순결한 근본적 리얼리티, 이것이 '빵과 인형극단'의 연극인 것이다.

모자를 돌려가면서 하는 연극(Off Off Broadway)

> 내가 최근에 본 오프 오프 브로드웨이 연극에서는 네글리제를 입은 여배우가 공연 도중에 발이 걸려서 내 무릎 위에 넘어졌어. 그 바로 전 구경 때에는 연극이 끝난 뒤 극작가하고 올나이트 자유토론하는 데 끼어들었지. 연극이 어땠냐고? 팔팔해, 생기가 돌더군. 작품이 좋지는 않을 때라도 생기(生氣)는 있단 말이야. 그게 전부 1달러짜리 아니오? 다른 곳에선 어림도 없지.

그리니치 빌리지와 이스트 빌리지 일대의 촛불을 밝혀놓은 다방, 딱딱한 교회의 다락방, 삐걱거리고 곰팡내 나는 이층 헛간 같은 데서 하고 있는 것이 오프 오프 브로드웨이 연극이다. 이 연극은 관객의 숫자가 적기 때문에 관객의 비인간화가 깨지고 만다. 무대조명에서 멀리 떨어져 있지 않기 때문에 완전한 어둠 속에 있지 않고, 의자가 삐걱거리거나 커피 잔이 달그락거릴까 봐 신경을 쓰게 되니까 어떤 의미에서 연극 속에 참가한 것이나 다름없다. 이런 것이 관객들로 하여금 각기 개인으로 간주되는 것 같은 느낌을 주게 되고 그 때문에 반응이 강해진다고 믿는 사람도 있다. 또한 이러한 개입과 직접성의 느낌이 독특한 감각적 경험을 준다고 하는데, 이는 보통의 극장, 심지어는 원형무대 같은 경우도 무대 행동과 관객의 반응 사이에 정식으로 선이 그어져 있기 때문에 흉내 낼 수 없는 점이다.

대개의 오프 오프 브로드웨이 극작가는 관객의 지적 · 정서적 요구에 응하기 위해 아방가르드나 부조리의 기교를 잘 소화해 내고 있다. 그러나 사실인즉 이들 젊은 극작가가 볼 때 브레히트, 베케트, 주네, 이오네스코 등의 연극은 아방가르드(전위)가 아니라 이미 정통의 일부가 되어 버렸다. 이들은 마치 형이상학적 수소폭탄이 터진 바로 다음날 이 세상에 태어난 것처럼 글을 쓰는 것이다. 오프 오프 브로드웨이 연극은 일반적으로 짧아서 30분이 안 되는 것이 있으며 등장인물도 보통 2-3명이다. 오프 오프 브로드웨이 연극이 미국 연극의 진로를 좌우할지의 여부는 아직 두고 보아야 할 것이다. 그러나 나름대로는 이미 성공하여 젊은 극작가를 진출시키고 관객으로 하여금 새로운 연극 경험을 얻게 하고 있다. 오프 오프 브로드웨이에서 몇 편의 연극을 한 문필가이며 철학자인 폴 굿먼은 다음과 같이 말하고 있다.

> 근본적으로 새로운 연극이란 어떤 새로운 예술이 다 그렇듯이 대중의 반응을 기대할 수 없다. 왜냐하면 일반에게 익숙하지 않은 것, 나아가 의미가 없고 괴팍하고 위험천만한, 즉 적극적으로 저항을 받을 만한 것을 다루기 때문이다. 새로운 연극이 성공하는 표시는, 관객이 작품에 유혹되는 감정과 불쾌한 나머지 극장을 뛰쳐나가고 싶은 격동, 이 두 가지 사이에서 비로소 나타나는 것이다.

그게 바로 오프 오프 브로드웨이 연극이다.

부조리 연극

노벨문학상을 수상함으로써 우리나라에 알려진 작가 사무엘 베케트(Samuel Beckett)의 일련의 작품을 우리는 부조리 연극,

반연극(Anti Theatre), 혹은 '엘리엇 이후의 진정한 시극'이라고 이름 붙이고 있다.

1953년 겨울 파리의 비좁은 바빌론극장에서 『고도를 기다리며(En Attendant Godot)』가 상연되었을 때, 그것은 현대 연극사에 가장 극적인 한 페이지였다. 진정한 전위 감각으로 극장 안은 들끓었고 비평가들은 제각기 이 낯선 연극에 '반연극', '부조리 연극', '엘리엇 이후의 진정한 시극' 등 이름을 붙였다. 그 후 1957년에는 『노름의 끝장(Fin de laparele, 승부의 종말)』, 1963년에는 『오! 아름다운 날들(Oh! Les Beaux Jours)』 등이 속속 발표되었고, 이와 병행하여 수많은 소품들, 라디오와 텔레비전을 위한 단막극, 무언극이 상연되었다. 우리나라에서도 그의 작품 중 『고도를 기다리며』, 『노름의 끝장』, 『오! 아름다운 날들』, 『마지막 테이프』 등은 상연된 것으로 알고 있다. 다만 그 상연이 어떤 진정한 전위 감각을 포함했는지는 의문이다.

사실 『고도를 기다리며』의 한국 소극장의 공연은 너무 가벼웠던 것이 아닌가 생각한다. 그러나 그 공연은 한국 연극사에 남을 만큼 한국 연극계에도 1953년의 파리의 충격보다는 덜해도 감각적인 충격을 준 것은 사실인 것 같다.

이 작품은 쉽사리 풀리지 않는 의문을 가지고 있다. 그것은 '고도'라는 인물에 집중되어 있는 의문이다. 끝내 모습을 나타내지 않는, 그러나 처음부터 끝까지 무거운 그림자처럼 작품을 지배하고 있는 인물은 과연 무엇을 가리키는 것일까? 우리가 유혹받기 쉬운 가장 안이한 대답은 신 또는 절대자일 것이고, 그 가운데 포함되는 구원일 것이다. 그러나 이와 같은 추리는 하나의 가설은 될 수 있을지언정 결정적인 해답은 될 수 없다. 왜냐하면 '고도'는 영원히 나타나지 않는 만큼 아무도 그 정체를 밝힐 수는 없으며, 아마도 이 모호성, 불확실성이야말로 그의 본질같이 생각되기 때문이다. 그렇다면 이 작품 속에서 '고도' 자신보다 그 '기다린다'는 행위, 기다림의 상태에 더 많은 중요성을 부여하는 것이 타당할 것이다.

"그래, 이 무한한 혼돈 속에서 단 하나 분명한 게 있어. 우리는 고도를 기다리고 있는 거야." 즉, 인간은 세계의 영원한 모호성 속에서 그 무엇을 기다리며 허우적거리고 있다. 중요한 것은 목적 대상이 아니다. 이 허우적거리는 상태다. 이른바 실존의 상태다.

이런 점에서 베케트의 세계는 사르트르의 실존, 특히 『구토』의 세계와 좀더 가까운 듯이 보인다. 즉, 아무런 목적도 이해도 없이 내던져진 우연한 실존의 의식, 어떤 가치로서도 정당화할 나위없는, 그러나 살도록 선고받은 존재의 의식 — 사르트르의 사상적 출발점은 이것이었고 베케트의 사상적 배경도 이와 크게 다를 것이 없다.

"언젠가 자네도 장님이 될 걸세. 나처럼 허공에 내던져진 조그마한 덩어리로 어느 곳엔가 영원히 어둠 속에 앉아 있게 될 걸세." 결국 베케트는 생의 유일한 현실인 실존에 끝까지 집착하며, 이에 의해 의의와 합리성을 부여하고 싶은 온갖 관념적 유혹, 감정적 위안을 거부한다. 오직 실존의 밑바닥을 확인하는 '부조리의 현상학' 속에서 탈출과 비유를 시도하는 것은 무의미한 일이다.

그리하여 뜻대로 되는 것이라고는 하나도 없는 망망한 공간, 끝없는 획일 속에서 순간적으로 번쩍이는 카오스, 의식 상태, 연속이 아닌 절단면들이다.

이미 우리의 것이 아닌 환각과도 같은 카오스 안에서 벌레처럼 움직이는 존재들의 역겨운 꿈틀거림이 부각될 뿐이다. 이와 같은 의식의 해체를 상징하기라도 하듯 베케트 작품의 배경은 대개 밀폐되고 한정된 세계, 가령 사막, 진흙, 병실, 항아리, 쓰레기통 또는 자루로 표현되며, 그의 인물들은 대부분 장님, 앉은뱅이, 벙어리 등 대체로 육체적 기능을 박탈당한 불구자들이다. 결국 지리멸렬의 의식, 무의미의 세계, 분해되는 육체, 이 총체적인 와해 속에서 가까스로 살아남은 유일한 기능은 말뿐이다. 거의 오브제화가 실시된 '언어'가 아닌 '소리'다.

우리는 베케트를 통해서 진정한 전위 감각을 냄새 맡을 수 있는 것이다.

반연극(Anti Theatre)

'반연극'이라는 단어는 이오네스코(Eugene Ionesco)가 『대머리 여가수』라는 희곡(레제 희곡)에 부제로 붙이면서 만들어진 말이다. 이런 점으로 보더라도 사실 사무엘 베케트보다 외젠 이오네스코를 반연극의 기수라고 할 수 있을 것이다.

『대머리 여가수』는 1949년에 발표된 이오네스코의 첫 작품이다. '반연극'이라는 부제가 붙은 이 작품은 단순한 플롯, 기계처럼 비인간화된 인물, 그리고 과장이 지나칠 정도로 부조리한 언어 등의 특색을 지니고 있는데 이 점이 바로 그의 초기 작품의 특징이며, 그뿐만 아니라 대체적으로 그의 전 작품을 아우르는 특징이 되었다.

그는 "앙투안의 자유극장은 다만 새로운 촉각에 지나지 않았으니 우리는 오늘을 위해 건정한 자유극장을 만들어내거나, 아니 차라리 찾아내야 한다"고 주장하였다. 그는 "극장 안에서 금기의 대상은 아무것도, 하나도 없다. 따라서 우리가 오늘날 알고 있는 인생을 적절히 반영시키기 위해서 예술표현을 살찌게 하고 거기에다 놀라움과 환상과 그리고 필요하다면 폭력마저도 불어넣어야 한다"고 말하였다. 왜냐하면 우리는 드라마의 미학적 과장과 확대를 잊고 있는 듯하기 때문이다. 『대머리 여가수』는 추상 또는 순수 연극이라고 불려 왔다. 그 이유는 이 극에서 이오네스코가 시도한 것이 플롯이니 심리니 특정한 사상이니 하는, 그가 보기에 극의 경험과는 동떨어진 외재적인 요소들을 눌러놓자는 데 있었기 때문이다. 그 대신 생긴 것이 그가 설명하는 '일련의 의식 상태 또는 어떤 국면으로 이루어지는 구성'인데 "이것이 차츰 강렬해지고 집약되어 결국은 서로 얽히는데 끝에 가서 풀리거나 아니면 어찌할 수 없이 참기 어려운 혼란으로 끝나거나 하는 것이다." 『대머리 여가수』와 그 밖에 그의 일막극의 대다수는 매우 단순한 국면 위에서 펼쳐진다. 시작은 다소간 리얼리티를 갖고 나오다가 서서히 물러나고 폭발하고 과장되어 결국은 어처구니없고 격렬한 무엇이 이룩되고 만다. 이 국면, 즉 고민의 상태는 극단에까지 이르고 다시 돌이킬 수 없게 된다.

'언어'의 '오브제'화는 사실 베케트보다 이오네스코가 더 먼저 시작한 것이다. 언어의 의미가 의심스러워진 현대의 상황은 그것이 이미 어떤 뜻이 있는 것이 아니라 '소리'인 것이다.

『대머리 여가수』가 상연됐을 때 이오네스코가 시달림을 주려던 자들(그들은 『대머리 여가수』라는 극을 보게 되었는데 그 속에서 어떤 종류의 여가수도 찾아낼 수 없었다. 여기에 혼이 나서 『수업』이란 극을 보러 올 때는 단단히 대비하고 왔는데 다시 한 번 그들은 어리둥절할 수밖에 없었다) 가운데는 틀림없이 프랑스에서 가장 영향력 있는 (그리고 보수적인) 비평가 두 사람이 끼어 있었다. 이 두 사람, 즉 로벨 캠프와 장 자크 고티에는 모욕을 당해 화가 나자 이오네스코를 "현대 연극계의 보잘 것 없는 호기심거리, 사기꾼, 속임수의 전문가"라고 낙인을 찍어버렸다.

이오네스코는 그의 작품(『대머리 여가수』, 『수업』, 『의자』 등 독특한 발전 단계를 거듭하는)에 전위 감각이 결여된 적도 없었으며, 더욱이 전위를 예측하고 의식적으로 유도한 적은 한 번도 없었던 것 같은 진정한 현대 연극의 기수요 연극인이다.

현상학적 연극

현대 연극은 '잘 만들어진' 연극을 뒤집어엎고서 불합리하고 우발적이고 감추어진 현실의 양상을 무대에 올리려는 하나의 변혁의 고통을 겪고 있다고 월터 커시는 말한다.

예술은 무가치하고 불필요한 것을 배제할 권리가 있으며, 또한 아마도 의무조차 있다는 것이 일반적인 견해다. 그러나 최근에 와서 무가치하고 불분명한 것이 갑작스러운 기세로 대두되었다. 해롤드 핀터(Harold Pinter)의 『생일파티』에서는 한 사나이가 무대 한가운데 앉아서 상당히 긴 시간을 고통스러울 만큼 조심스럽게 신문지를 조각조각 찢어내고 있었다. 인물이 그가 수행하고 있는 행위만을 설명하고 있을 따름이었다. 우리는 새로운 마음의 자세에 있어서 질서정연한 것을 불신임한다. 왜냐하면 우리는 이제 질서 지어진 모든 것 속에는 극히 독단적인 어떤 요소가 있음을 예민하게 깨닫고 있기 때문이다.

해롤드 핀터는 온당하게도 자기 연극의 줄거리를 우리에게 이야기하기를 거부한다. 이러한 사실은 일부 사람들을 화나게 하고 또 일부 사람들로 하여금 그를 어느 면에 있어서 무능하다고 생각하게 하는 것이다. 핀터는 줄거리가 없어서 줄거리를 밝히지 않는 것이 아니다. 그는 우리가 다른 그 무엇에 눈을 돌릴 수 있도록 하기 위해 그것을 감추고 있는 것이다. 새로운 이해를 위해서 줄거리는 방해물인 것이다. 해롤드 핀터는 그의 모든 것을 관찰하기를 원한다. 인물의 행동 하나하나는 극히 의도된 현상학적 연극의 극치다. 우리가 세밀한 '주의'를 기울이기 위해 논리를 무시할 때 신비는 되살아나고, 우리는 우리 스스로의 가슴 울렁거리는 불가해성으로 되돌아오게 되는 것이다.

해롤드 핀터를 아는 데 중요하고도 재미있는 에피소드는 다음과 같은 것이다. 『생일파티』를 본 어떤 연극 애호가는 어떤 하숙집에 묵고 있는 정체불명의 하숙인 '스탠리'가 어째서 두 사람의 정체불명의 침입자 — '골드버거'와 '매켄' — 에게 피해를 입는지 납득이 가지 않아서 핀터에게 다음과 같은 편지를 썼다.

(1) 그 두 사람은 누구인가?

(2) 스탠리는 어디서 왔는가?

(3) 그들은 모두 정상적이라고 생각되는가?

그는 핀터가 이러한 질문에 대답해 주지 않으면 자기는 핀터의 연극을 이해할 수 없다고 주장하였다. 핀터는 다시 그에게 자기의 다음과 같은 세 가지 질문에 대답해 주지 않으면 그의 편지 내용을 이해할 수 없다고 하였다.

(1) 당신은 누구요?

(2) 당신은 어디서 왔소?

(3) 당신은 정상적이라고 생각하오?

이러한 회답은 오만불순하고 회피적인 것으로 생각된다.

어디서 왔는가? 아무도 대답할 수 없는 이것은 해롤드 핀터에게 가장 어려운 질문이며, 그를 새롭게 하는 것이다. 누구인가? 선생, 기자, 대학교수…. 대답해도 그것은 의상 같은 자기의 기능이지 자기의 본체는 아닌 것이다.

그것은 전혀 우리의 본연을 닮고 있지는 않은 것이다. 그리고 실제로 우리는 제한된 역할조차 제대로 감당하지 않고 있다는 것을 너무나도 뼈저리게 느끼게 된 것이다. 역할은 본체를 증명하기 위해서는 부적당한 것이며 분명히 잠재능력을 증명하기에 부적당한 것이 아닌가?

해롤드 핀터를 통해서 우리는 논리적 연극으로부터 현상학적 연극으로 옮겨왔다.

사물을 엄격히 바라보라. 어떠한 사물인가? 사물 그것 전부다. 그리고 그 내용을 알게 되기에 충분할 만큼 익숙해지기까지는 그것이 무엇인지 말하려고 하지 말아야 한다. 형체는 다시금 나타나게 되는 것이다. 그러면 이제 형체가 문제가 되는 것이다.

해롤드 핀터는 1957년에 처음으로 『방』이라는 작품을 써서 주목을 받았으며 앞에서 이야기한 『생일파티』를 발표함으로써 일약 극작가로서 명성을 얻게 되었다. 이외에도 『집지기』, 『살인 청부업자』, 『벙어리 하인』 등의 작품이 있다.

『미열』에서 신비성, 『홈 커밍(Home Coming)』에서 윤리와 가치의식의 붕괴와 파괴를 그린 핀터는 현상학적 연극의 기수며 또 우리에게 가장 매력적인 작가 중의 한 사람인 것이다.

지난 1970년 10월 '드라마센터'에서 공연한 유덕형의 『생일파티』도 연출 테크닉 면과 긴장과 집중 효과 면에서 한국 신극 60년사에 길이 남을 하나의 성과를 거둔 극이었다.

3. 결론

한국 연극계에는 전위는 있어 본 적이 없다. 전위를 위한 전위도 없었다. 다만 극단 '드라마센터'의 유덕형과 '산울림'의 임영웅에게서 그와 비슷한 냄새는 맡을 수 있었다는 것은 다행한 것인지 슬픈 것인지 모르겠다.

유덕형, 임영웅 두 사람에게 기대를 걸어보는 필자의 마음은 정말 답답함과 착잡함으로 꽉 메워져 있다. 여하튼 비슷한 것이라도 많아졌으면 하는 것이 필자의 바람이다.

[1971]

히피 생태론

우리는 그들을 어떻게 생각해야 하는가?

현대 전위극(특히 1970년대의 연극)은 '히피즘'에서 나왔다. 그래서 이 글에서는 히피들의 의식에 대해서 알아보려고 한다.

사람을 찾으려는 사람들.
자유를 호흡하려는 사람들.
아름답게 살려는 사람들.
멋있게 살려는 사람들.
착하게 살려는 사람들.

이들은 어느 때부터인가 어둡고 탁한 매연의 도시에서 도망을 시작했다. 꽃을 사랑하고 노래를 즐겨 불렀으며 남녀 누구든지 머리를 기르고 항상 웃고 싸우지 않았다.

한 손을 치켜들고 브이(V) 자를 그어대며 '피스(peace)' 하고 인사하고, 남자는 여자를 사랑하고 여자는 남자를 사랑하고 사람은 사람을 사랑하는 '러브(love)'를 속삭이기 시작했다.

어느 시대나 젊은이가 그러했듯 그들도 젊었고, 폭력적인 반항이 아닌 신비로운 반항을 시작했다. 자유로운 옷차림, 맨발, 모든 조작성이나 관념의 세계를 부정하고 태고의 원시인의 상태로 돌아가기를 원했다. 아놀드 토인비는 이렇게 말했다. "히피는 21세기 지성적 원시인의 선구자적 역할을 하고 있는 현대의 순교자석 십난이나."

그러나 현대적 상황은 공해와 메커니즘, 황금 만능주의적 자본주의 등으로 인간의식의 박탈을 강요하고 있다. 착하고 아름답고 평화와 사랑을 노래하는 그들의 소리 안 나는 운동은 이제 종말을 고했다.

히피즘은 많은 유물을 남긴 채 사라져 가고 있다. 사회 속에 생각의 변화를 일으키고 생활양식에도 변화를 가져왔다. 미국 사회의 진정한 과제가 무엇인가를 가르쳤고, 조롱거리가 되거나 말의 장난화된 자유를 다르게 인식하게 했다. 또한 스피드와 유행의 시대에 거대한 형태적인 영향을 주어서 세계 패션계를 지배하고 있는 것이다.

히피의 본고장인 미국 사회에서의 이러한 양상은 결국 우리에게 무엇을 말해 주고 있으며, 우리에게 어떻게 영향을 주고 있는 것일까? 진정한 히피즘이 이 땅에도 생성될 수 있고 용납될 수 있는 것일까? 그들의 옷차림과 긴 머리에 아름다움이 있다면 우리는 그것을 어떻게 받아들여야 하는 것일까?

이러한 의미에서 우리는 궁금해 하고 있는 것일까? 아니면 그저 주관 없고 주체의식 없는 어리석고 병든 젊은이의 타락한 집단으로 생각하고 있어야 하는 것일까?

필자는 이와 같은 의문 내지는 호기심과 필연적 인류의식에서 온 지구인적 감각과 시대적 공간적 공통점에서 오는 (지구인이라는) 영향과 관심을 느끼지 않을 수 없다.

헤르만 헤세를 닮은 히피들

크눌프를 닮은 히피들.

골드문트를 닮은 히피들.

헤르만 헤세를 닮은 히피들.

아름다움을 찾아 방황하는 헤르만 헤세의 『나르치스와 골드문트』에서 사랑과 미의 상징적 존재인 골드문트. 그의 이야기는 우리에게 가장 정확한 의미와 모습을 — 히피들의 진정한 모습과 그들이 무엇을 원하는지를 — 보여주고 있는지도 모른다.

현대의 어둠 속에서 사람의 빛을 찾아 방황하던 그들은 어쩌면 헤세가 추구하던 인간들인지도 모른다.

헤세가 좋아하던 동양.

그들이 좋아하는 동양.

헤세와 히피는 모두 인도를 좋아한다. 합리주의 세계에 있어서의 거의 모든 것을 알아버린 것 같은 느낌의 그들은 사실 당연하게 동양의 신비성을 받아들이려는 것인지도 모른다. 히피가 성지로 생각하는 곳은 인도다. 회교도들이 메카로 가듯이 그들도 누구나 인도로 가기를 원한다. 그들 중 노래를 하는 그룹에 '스테판울프(Steppenwolf)'라는 밴드가 있다. 그렇다. '스테판울프', 이것은 헤세의 『황야의 이리』다.

히피들은 헤르만 헤세를 좋아한다. 아마도 헤세가 살아 있다면 히피를 사랑할는지 모른다. 아니, 아마 결국 좋아하게 될 것이다.

헤세와 히피는 닮았다. 자연 속에 들어가 있어서 닮았다.

예수를 닮으려는 그들

긴 머리, 넓은 모포 자락, 맨발, 사랑, 화평…. 너무 비슷한 것이 많다. 그들은 진정한 인간 속에 있는 신이 아닌 예수의 모습을 흉내 내고 있는지도 모른다. 예수의 얼굴에 존 레논(John Lennon)의 동그란 금테 안경을 쓰게 한다면, 그것은 히피의 얼굴이다. 히피들은 예수를 닮으려는 것이다.

사랑을 앞세우고, 평화를 노래하고, 자연 속에서 살아가는 그들에게서 예수의 모습을 느낄 수 있다면 그것은 과연 필자만의 어리석은 생각일까?

LSD와 마리화나의 그들

"LSD를 먹어라. 술을 먹고 난폭해지려거든, 술에 취해서 비틀거리려거든 '그래스(grass)'를 피워라(그래스는 마리화나를 가리키는 그들의 은어다)." 그들은 자기들이 할 수 있는 한 더 좋은 평화와 사랑의 세계로 가고 싶어 한다. 보통 인간들이 술을 먹는 태도로 그들은 술 대신 LSD와 마리화나를 먹는 것이다.

술에 취해 난폭해지는 것보다 LSD나 마리화나를 먹고 유순해지고 신비로운 세계로 가는 것이 좋다는 것이다.

마리화나의 중독성 내지 습관성이나 그것을 피운 후에 오는 인간 이성의 도피증은 확실히 두려운 것이나, 술을 먹고도 그런 이성의 망각은 같은 현상이 오는데 왜 마리화나만 단속하느냐는 것이다. LSD는 미국 약리학자들 간에 거의 중독성이나 부작용을 발견해 내고 있지는 못한 것 같다. 그러나 적어도 50년의 실험이 있어야 하는 것이 아닐까. 그런데 이런 LSD나 마리화나가 히피들이 아닌 세계 각국의 청소년들에 만연되고 있어 또 하나의 충격을 우리에게 주고 있는 것이다. 그들의 타락을 욕하기에 앞서서 우리는 그들이 그런 행동을 하게 한 서구 자본주의 물질문명의 문제를 깨달아 그대로 답습해서는 안 될 것이다.

프리섹스(Free Sex)의 그들

여자와 남자의 섹스는 본연적이고 가장 순수한 자연 그 자체인지도 모른다. 누가 누구의 부인인지, 누가 누구의 남편인지, 누가 누구의 아들인지, 어머니는 있어도 아버지는 없다. 섹스는 쾌락이다. 하느님이 주신 유일한 선물이다. 그렇다. 섹스는 쾌락인지도 모른다. 인간에겐 언제든지 (성인이라면) 섹스할 능력이 있다. 그러나 인간에게는 그것을 조절할 이성도 있다.

이런 관점에서 그들의 프리섹스를 어떻게 해석해야 하는 것일까? 우리 나름대로의 관념과 어둠 속에서 더럽혀지고 때 묻어 있는 — 첩이 있고 사창가가 있고, 간통 · 강간 사건이 비일비재한—성 윤리관을 밝은 태양 아래 깨끗이 소독하라는 의미로 받아들일 필요가 있는 것이 아닐까? 눈부시게 빛나는 태양 아래서의 깨끗한 행위, 그것은 우리에게도 필요한 것인지도 모른다.

히피즘의 한국적 의미

우리는 자본주의 내지 서구적인 합리주의적 체제 속에 살고 있다. 히피의 서구 세계, 가까이 일본의 후텐족의 양상이 확실히 어떠한 역사적인 필연성을 가지고 생성된 것이 틀림없다면, 우리에게도 그런 것이 생기지 말라는 법은 없지 않겠는가? 히피나 후텐이 나쁜 것이라면 그것이 우리에게 주는 충격은 큰 것이다. 왜냐하면 우리는 그들의 세계를 따라가는 것 같은—항상 따라가야 할 것 같은—불안과 콤플렉스 속에 살고 있기 때문이다.

우리는 사실을 정확하게 관찰하여 옳고 그름을 판단해서 개선하는 진보적이고 합리적인 사고 속에 살아야 한다. 우리는 그들과 같이 되기에는 너무나 다른 곳에 살고 있다(메커니즘의 광대한 영향 때문에 자연에 대한 향수도 없고, 그들과 같이 자본주의의 횡포에 염증을 느끼지도 못한다). 그러나 우리는 그것이 젊은이의 것이라는 것에 박수는 칠 수 있을 것이다. 모든 것을 그들과 같이 나태하게 회피할 수도 없으며 자연을 즐기기엔 너무 지금이 고달프다. 그러나 우리의 위정자들은 서구를 무작정 답습하느라 정신을 차리지 못하고 있다. 항상 뒤따라가는 우리는 그들에게 불안을 느낀다. 맹목적인 서구 사회의 모방보다는 그들의 결점을 시정해야 할 것이 아닌가?

이피와 히피는 어떻게 다른가?

매스미디어를 통해 우리가 보고 듣는 뉴스는 이피와 히피를 구별할 수 없게 만들었다. 그러나 이피와 히피는 다르다. 근본적으로 전쟁을 싫어하고 평화와 사랑을 원한다는 것은 같아도 그것을 요구하는 방법이 다르다.

히피는 신비로운 반항을 한다. 그러나 이피의 방법론은 거의 마르크스주의자들의 방법론과 비슷하다. 마르크스주의자들이 세계 구축의 방법으로 노동자들에 의한 전투적인 유혈혁명을 강조하듯, 이피들도 폭력과 파괴와 살상으로 행동적이다. 이피적인 양상을 띤 집단으로 캘리포니아의 '지옥의 천사'라는 모터사이클 갱이 있는데, 그들의 행동은 파괴적이며 거의 히피적인 신비성이 없다.

히피는 사랑을 좋아하는 신비로운 집단이다. 그들은 이제 암흑과 매연과 공해의 도시에서 도망가고 있다. 산이 있고 물이 깨끗한 자연을 찾아서 은둔하고 회피하여 그들만의 세계를 건설하기에 바쁘다. 원시적인 농업과 대가족적인 생활윤리와 도덕을 가지고 그들은 그들만의 아름다운 세계에서 살기를 원한다. 그들은 우리의 눈에 나타나기를 원하지 않는다. 이피와 히피는 어떻게 다른가? 이 물음의 답은 너무나 명백한 것이다.

허버트 마르쿠제와 스튜던트 파워, 그리고 히피

이피는 세계를 다르게 만들기 위하여 혁명을 원한다. 그들은 보기 싫은 자는 '잘라' 버린다. 사제폭탄과 총기로 살상한다. 허버트 마르쿠제의 히피즘에 대한 체계의 확립에 관한 노력은 그의 지난 일을 보면 짐작이 간다.

사회주의 경향이 짙은 마르쿠제는 자본주의 내의 모순의 해결을 마르크스주의자와는 다른 곳에서 구하는 것 같다. 히피들의 운동에서 그는 어떤 감각적인 결론을 얻었다. 자본주의 사회와 발전 요소로 그는 히피즘을 표방하고 있다. 그러나 히피를 이즘화한다는 것은 사실 그들이 원하는 것도 아닐 뿐더러, 히피들은 체계화되고 이즘화되기에는 너무 순수하고 자연적인 것이 아닐까? 평화와 사랑을 찬양하는 그들은 이즘에서가 아니라 순수에서 그것을 노래하는 것이다. 마르쿠제의 히피즘에 관한 논리는 결국 자기 혼자만의 생각일 수밖에 없는 것이 아닐까? 착하고 아름답기 원하는 그들이 이즘이라는 논리로 더럽혀지는 것이 아닐까? 그들은 진정 아름답고 순수하고 싶고 착하고 싶은 것 외에는 이즘이나 운동을 회피하고 있다.

미국 대학 내의 몇몇 행동주의적 경향의 영웅주의자들이 움직이고 있는 스튜던트 파워도 그렇다. 그들은 다분히 좌익적인 색채가 짙다. 이러한 그들의 사상적 경향이 다분히 자본주의의 반대 양상으로 만들어졌다면 곤란한 것이다. 방법의 확립 이전에 영웅주의나 서툰 희생주의적인 감정에서 출발한 좌익적 색채를 우리는 경계해야 한다. 그러나 그들의 행동력은 우리가 본받아야 할 요소다. 강력한 움직임을 위해서 거의 모든 것을 분사하는 그들의 노즐(nozzle)은 우리에게도 필요하다. 우리가 그들을 이해할 수 있다거나 좋아한다면, 결국 그들의 그 강력한 분사력의 노즐 때문인 것이다.

한국산 히피는 무엇인가?

긴 머리에 이상한 옷차림, 그런 사람을 길에서 보면 영락없이 히피로 지목된다. 그러나 긴 머리나 이상한 의복이 외국에서 들어왔다고 그 사람의 내면세계까지 히피로 단정한다면, 난센스 이전에 우리에게 잠재해 있는 사대사상에 기인한 것이 아닐까? 우리는 유행의 시대에 살고 있다. 흘러서 들어오는 아름다움, 인간인 이상 그것을 외면할 수 없다. 매스미디어는 홍수처럼 우리에게 그것을 강요한다. 아름다움을 원하는 우리는 그것을 따른다. 그러나 우리는 그들의 패션을 좋아하고 있는 것이지 그들의 사상 내지 태도를 닮으려 하지는 않는 것이다. 한국인으로서의 히피, 그것은 아마 거의 불가능할지도 모른다. 그들의 다른 방면에서의 철저성을 감수하기에는 우리에겐 동양의 신비가 잠재하고 있는 것이다.

이제 우리의 시야에서 도망쳐 자연 속에 숨어버린 그들은 20세기의 필연적인 존재인 것은 틀림없다. 현대성에 대해서 커다란 문제점을 던져준 그들은 당연히 있어야 할 집단인 것이다. 그들은 우리에게 과연 무엇을 이야기하며 자연 속으로 도망갔는가?

필자는 이제 그 이유에 대해서 아무 할 말도 없다. 역사가 그들을 판단할 것이다. 너무나 당연하게도 지금도 시간은 흐르고 있는 것이다. 히피, 꽃, 평화, 사랑…. 우리는 박수는 칠 수 있었다. 그러나 동감해서 그들처럼 될 수는 없었다.

그들은 행복할 것이다. 자연 속에서 그들이 자유롭기를 원한다. 그들이 아름답기를 원한다. 사랑하고 그리고 행복하라. '지성적 원시인'들이여!

[1971]

한국 연극 망치는 경건주의

문학과 마찬가지로 한국 연극계에서도 '경건주의'의 폐해가 심각하다. 최근에도 『장보고의 꿈』이 정부기관의 협조로 공연되면서 입장권을 유수한 기업체에 할당하여 문제가 된 바 있거니와, 우리나라에서 관변 문화단체나 보수적 매스컴이 주도해 나가는 연극은 언제나 경건주의에 바탕을 둔 이른바 '대작'들인 것이다. 얼마 전 『명성황후』가 미국에 진출하여 크게 성공했다고 매스컴들이 대대적으로 보도한 적이 있었다. 그러나 속을 들여다보면 『명성황후』의 공연은 실패였다.

한국 민족의 얼을 되살리고 주체적 자긍심을 북돋아주는 일은 사실 나쁜 일이 아니다. 그렇지만 문제가 되는 것은, 언제나 그런 국수주의적이고 '무거운' 연극들만이 대우받고, 개방적이고 '가벼운' 연극들은 천대받고 있는 우울한 현실이다. 말하자면 다원주의에 바탕을 둔 고른 연극 발전이 이루어지지 않고 있는 것이다.

연극은 '놀이'에서 출발한 예술인 만큼 개방적인 놀이 정신이 필수적이다. 우리나라의 전통 민속극을 보아도 대부분의 내용이 해학미와 외설미로 가득 차 있다. 그리고 거기에는 민중적 풍자 정신이 밑바탕을 형성하고 있는 것이다. 그런데 요즘 들어 한국 연극은 점점 더 '무거운' 쪽으로만 치닫고 있어 우리나라 고유의 민중적 놀이 정신을 망각해 가고 있다.

몇 년 전, 여배우가 알몸으로 출연했다는 이유로 연극 『미란다』가 형사 기소된 적이 있다. 그러고 나서 역시 같은 이유로 연극 『마지막 시도』의 연출자가 구속 기소되는 일이 일어났다. 그런데도 보수적 연극단체에서는 표현의 자유를 외치기는커녕 오히려 '야한 연극 추방 캠페인'을 벌였고, 대부분의 매스컴은 이를 적극 지지하고 나섰다. 『미란다』나 『마지막 시도』가 잘된 연극이냐 조악한 연극이냐 하는 문제는 여기서 따질 게 못 된다. 어쨌든 두 연극은 소자본으로 기획된 이른바 '대학로 연극'이었고, 그런대로 많은 관객을 확보한 연극이었다. 그리고 영화나 미술 등을 보아도 누디즘(Nudism)은 이제 어엿한 현실로 굳어져 가고 있었다.

서양 연극 발전사를 봐도 엄숙주의적인 연극이 판을 치면 거기에 대한 반발로 '감성'과 '본능'을 중시하는 전위연극 운동이 일어난다. '해프닝'이나 '리빙 시어터' 등이 바로 그 예다. 그런데도 우리나라 연극계는 아직까지 제대로 된 전위정신이나 반항정신을 갖고 있지 못하다. 전위연극에 끼어들 수밖에 없는 누디즘을 용납 못하는 것이 좋은 보기다.

아니, 용납 못하고 있다기보다는 처벌에 대한 두려움과 수구주의자들의 분노에 '자기 검열'을 강화해 가고 있다는 것이 더 맞는 말일 것이다. 그러기에 '문화산업'의 중요성을 이야기하고 '문화의 세기'를 강조하는 오늘날에 있어서도 한국 연극은 언제나 무거움의 미학 또는 경건주의의 미학에 눌려 젊은 연극인들의 '끼'를 제대로 키워주지 못하고 있는 것이다.

현대 연극은 '본능의 발산'과 밀접하게 연결돼 있고, 대리배설적 카타르시스를 주된 목표로 삼고 있다. 말하자면 귀족적 교훈주의에 바탕한 '상수도 문화'로서의 연극이 아니라 대중적 놀이정신에 바탕한 '하수도 문화'로서의 연극을 지향하고 있다. 그러다 보니 자연 관능적 상상력이나 육체주의적 선정성이 중요시되게 되었고, '성'이 중요한 몫을 차지하게 되었다. 그런데도 우리나라에서는 처벌의 잣대도 애매모호한 '외설성'이 언제나 표현의 자유를 제약하는 무소불능의 힘을 갖고서 예술가들을 괴롭히고 있다. 이런 모럴 테러리즘을 방조하는 수구세력은 언제나 보수적 매스컴과 손잡고 구시대의 도덕 타령만 해댄다. 매스컴은 매스컴대로 선정적인 연극을 비판하는 체하며 그런 기사 자체를 상품화시키는 '이중적 선정주의'를 판매전략으로 삼는다. 이런 와중에서 희생되는 것은 소규모의 독립극단들이고, '볼 자유'를 박탈당하고 있는 관객들이다.

자본이나 형식 면에서 연극은 영화를 따라가기 힘들다. 게다가 영화는 '돈'이 된다는 이유로 연극이나 문학보다 훨씬 더 관대한 검열을 거치고 있다. 이러한 사실은 아직까지 영화인이 외설로 구속된 적이 없는 것만 보아도 알 수 있다. 이럴 때 연극이 영화와 경쟁할 수 있는 유일한 무기는 생생한 현장감이고 그런 현장감을 극대화시킬 수 있는 게 바로 인간의 '몸'인 것이다.

이성우월주의의 경건주의 연극은 더 이상 영화의 적수가 될 수 없다. 이때 우리는 다시 한 번 감성과 본능 중심의 '육체주의 연극'의 중요성에 대해 생각해 봐야 하고, 진정한 표현의 자유가 실현될 수 있도록 애써야 한다. 그래서 '상수도 문화'와 '하수도 문화'가 고르게 용인되는 다원주의 사회를 만들어 나가야 한다.

[1999]

고전 해학극과 현대 마당극

나의 연극 체험과 관련하여

서구 전통극에 비해 마당극은 관객의 능동적 참여가 가능했다

우리나라 고대소설이나 판소리를 계승·변용시켜 문학작품화하기 시작한 것은, 아마 최인훈이 1960년대 중반에 발표한 소설 『놀부뎐』이 처음이 아닌가 생각된다. 물론 그보다 훨씬 전인 일제 말기에 오영진의 『시집가는 날』이나 이광수의 『일설(一說) 춘향전』 같은 작품이 만들어졌지만 『놀부뎐』 이전의 작품들은 대개 우리나라 고전작품들의 줄거리를 그대로 옮겨 현대적 어법과 표현양식으로 번안해 놓은 것에 불과했다.

소설 『놀부뎐』은 표기법은 고대소설적 양식을 빌리면서(띄어쓰기를 무시하고 구식 언문 철자법을 약간씩 가미했다), 내용은 판소리 『흥보가』와는 전혀 딴판으로 꾸며냈다는 점에서 그 문학적 의의를 평가할 수 있다. 『놀부뎐』은 흥부가 주인공이 아니라 놀부를 주인공으로 했고, 작품을 이끌어 나가는 화자도 놀부가 맡아 흥부의 비경제적인 가치관과 게으른 성품을 신랄하게 풍자해 내고 있다.

이 작품에서부터 비로소 고전작품의 현대적 '변용'이 그 나름대로의 개연성과 타당성을 가지고 새로운 창작의 소재로 등장하게 되었다고 볼 수 있다. 최인훈은 그 뒤에도 『옛날 옛적에 훠어이 훠어이』, 『둥둥 낙랑둥』, 『달아 달아 밝은 달아』 등 우리나라의 옛 전설이나 설화, 또는 판소리 등을 토대로, 주로 희곡 양식을 통하여 전통예술의 현대적 변용을 시도해 나갔다.

1970년대가 되면서, 최인훈이 시작해 놓은 고전의 현대화 작업은 더욱 많은 작가들의 호응을 얻어 우리나라 문화계에 파급되기 시작한다. 특히 우리나라 전통극 양식 가운데, 일인극으로서의 연극미학적 당위성을 확보하고 있다고 보이는 것은 '판소리'다. 판소리 양식이 갖고 있는 해학적이고 풍자적인 어투와 음악적 가락을 당시의 사회상황과 정치상황에 결부시켜 독특한 한국적 정서로 표출해 내는 데 성공한 것은, 김지하가 만들어낸 '담시(譚詩)'라는 새로운 장르라고 생각된다.

김지하는 『오적(五賊)』, 『비어(蜚語)』 등의 작품을 통하여 판소리의 풍자성과 해학성을 훌륭하게 현대화시키는 데 성공했다. 김지하의 담시에서 보여준 독특한 한국적 가락과 리듬은 우리나라 연극계에 크나큰 영향을 미쳤다. 그때부터 우리나라 연극계에서는 현실풍자나 정치풍자를 위주로 하는 '고전 번안극'이라는 새로운 형식이 시도되기 시작한다.

이러한 추세에 밑거름 역할을 한 것은 1960년대 중반 '예그린'에 의해 뮤지컬로 공연된 『살짜기 옵서예』(『배비장전』의 번안 작품), 『춘향전』 등의 작품이라 할 수 있다. 번역극에 식상해 있던 관객들은 고전 번안극 형식이 주는 소외효과적(疏外效果的) 편안함 때문에, 그리고 관객이 극장 안에서 수동적 장치물로서의 역할밖에 못했던 과거의 서구 정통극의 양식에 비해 마당극은 관객의 능동적 참여와 극중 침투가 가능했으므로 더욱 열성적인 호응을 보여주었다.

마당극의 시작은 1970년대 대학가에서 출발했다

그러나 그때까지 '탈(脫)프로시니엄 아치'를 연극 정신의 골간으로 하는 본격적인 '마당극'은 시도되지 않았다. 역시 '대사' 위주와 서양 정통극 식의 연극이었을 뿐이다. 『살짜기 옵서예』 등은 미국의 뮤지컬을 흉내 낸 것에 불과했다.

'마당극'이란 양식을 처음 시도해 본 것은 나의 대학 시절부터가 아닌가 생각된다. 나는 1969년에 연세대학교에 입학하자마자 곧바로 대학극 활동에 참여했는데, 대광고등학교 시절에 학교 연극부에서 연극에 재미를 붙인 것이 원인이 되었다.

처음에 나는 '연희극연구회'(현재 연세극예술연구회)에 들어가 서구 전통극으로 출발했다가, 1학년 말에 2학년 선배들과 함께 국문학과 연극부를 창설하고 독자적으로 연극을 공연해 보기로 하였다. 연희극연구회의 지나친 번역극, 정통극 일변도의 작품 선정에 회의를 느꼈기 때문이기도 했다.

그래서 1학년 때 첫 공연 작품으로 하유상의 『회색의 크리스

마스』를 채택했고, 2학년 때는 사무엘 베케트의 『노름의 끝장』을 우리나라 최초로 무대에 올렸다. 『노름의 끝장』의 연출을 맡아준 사람은 대광고등학교 시절에 연극부 멤버로 함께 활동했던 이종환이다. 그는 연대생은 아니었지만 베케트 작품의 무대화 작업에 진지한 집념을 보여주었으므로, 내가 연세대 국어국문학회의 동의를 얻어 연출자로 불러들였던 것이다.

이모저모 꿍짝이 맞아 1971년, 그러니까 내가 대학 3학년 때의 국문학과 연극공연과 그 이듬해 4학년 때의 공연에도 이종환은 연출자로 선정되었다. 그와 내가 상의하여 1971년 가을공연 작품으로 채택한 것이 바로 『양반전』이다. 연암 박지원 원작의 한문소설을 내가 각색하고 다시 기성 희곡 작가인 김상열 씨에게 윤색을 의뢰하여 무대에 올렸는데(나는 사또 역할을 맡았다), 그 작품의 공연은 비록 미숙한 대학극이었지만 지금 생각하니 상당히 의의가 있는 공연이었다. 말하자면 고전소설 『양반전』의 해학성과 풍자성을 바탕으로 원래의 내용을 거의 거꾸로 변용시켜 현실풍자에 응용한 최초의 공연이었던 것이다. 아직 완전한 마당극 형식은 아니었지만 북장단과 창조(調)의 대사를 집어넣어 새로운 변화를 시도해 보았다.

우리가 『양반전』을 공연하고 나서 얼마 후 텔레비전에서 『양반전』을 각색하여 연속극으로 방영했는데, 그 내용이 원작을 그대로 답습한 것이어서 별로 새로운 맛이 없었다. 그때 우리의 『양반전』 공연은 대학가에서 상당히 반응이 좋았고, 나도 그때부터 고전의 해학성을 현대 연극의 양식성과 결부시켜 현대화시켜 보는 데 흥미를 가지게 되었다.

대학 졸업 후 나는 곧 대학원에 진학했는데, 대학원에 가서도 계속 연극 활동을 했다. 1973년 가을에 나는 다시금 이종환과 손을 잡고 『양반전』을 마당극 형식으로 더욱 발전시켜 보기로 했다. 1971년에 공연했던 『양반전』에서는 약간의 창과 북장단이 들어가는 정도가 고작이었고 대사에 우리말 고유의 운율적 멋을 가미한 정도였으나, 이번에는 제목도 『양반놀음』으로 바꾸어 완전히 서구 전통극 양식을 탈피하여 마당극 형식으로 만들어보았다. 물론 그때 우리가 '마당극'이란 명칭을 정식으로 붙인 것은 아니다. '마당극'이란 명칭이 정식으로 고정되어 연극계에서 통용되기 시작한 것은 훨씬 이후의 일이다.

그때 나는 연세대 교양학부에서 조교로 일하고 있었는데, 『양반놀음』의 공연에 결정적인 도움을 준 분이 바로 성래운 교수다. 그때 마침 성교수는 연세대 교양학부장으로 있어서, 학교 예산을 대폭 배정해 주어 공연을 가능하게 해주었다.

『양반놀음』 공연을 위해 교양학부생을 중심으로 '연세대 고전극연구회'가 창립됐고, 우리는 새로 들어온 회원들에게 마당극의 기초부터 가르칠 수 있었다. 남사당 꼭두각시놀음의 인간문화재로 계신 분과 국악인 몇 분을 초빙하여 기초적인 창법과 탈춤, 장구 등을 지도하게 했고, 이 과정에서 내가 알기로는 우리나라 대학에서는 처음으로 '연세대학교 탈춤연구회'와 '연세국악연구회'가 탄생되었다. 모두 다 성래운 교수의 적극적인 후원 덕분이었다.

『양반놀음』에서는 통영 오광대의 탈춤과 남사당 꼭두각시놀음의 대사가 주로 원용되었고, 작품의 성격도 1971년 『양반전』

의 '현실풍자' 위주에서 민중적 '해학'에 바탕을 둔 '화해'와 '화합' 위주로 바뀌었다. 이 공연은 대학가에서 꽤 화제가 되어 우리의 대본을 가지고 이화여대 문리대 연극부와 서울대 치과대 연극부의 공연이 잇달아 이루어졌다.

1974년 2학기는 나로서는 참 잊지 못할 학기다. 나는 그때 대학원 4학기생으로서 석사학위 논문을 쓰고 있었다. 그런데도 성 교수의 간곡한 권유로 두 번째 마당극을 시도해 보았던 것이다. 학위 논문 쓰랴, 조교일 하랴, 학생들 연극 연습시키랴, 정말 눈코 뜰 새가 없었다.

두 번째 작품으로 선정한 것은 『흥부전』이었다. 이종환은 개인 사정으로 빠지고 국문과 후배가 각색을, 그리고 내가 연출을 맡았다. 그때 공연에서는 '놀음'이라는 명칭 대신에 '굿'이라는 명칭을 붙여 『흥부굿』이라고 제목을 붙여보았다.

10월 유신 이후의 일이라 정보부의 학원 사찰이 심하던 때였다. 그래서 김지하의 『비어』 대사를 많이 응용했다는 이유로 공연 횟수를 못 채우고 말았다(특히 성래운 교수가 계속 시달렸다). 그 이듬해에 다시 재공연이 있었다. 그러고 나서 성래운 교수가 학교를 그만두어야만 했으므로 연세 마당극의 맥은 끊기고 말았다. 역시 예산 책정이 중요했던 것이다.

그 후 나는 1979년 3월에 홍익대학교 전임강사로 부임했다. 그리고 곧바로 '홍익극연구회'의 지도교수를 맡게 되어, 1981년과 1982년에 홍익대에서 다시 『양반놀음』과 『흥부굿』을 공연할 수 있었다. '홍익극연구회'의 지도교수를 맡아 공연할 때는 『양반놀음』을 『양반굿』으로 제목을 바꾸었다([부록] 참조).

1980년 이후로는 대학극만이 아니라 기성 극단에서도 현실풍자 위주의 마당극이 유행하기 시작한다. 이때 이후의 마당극은 주로 목적극으로서의 성격을 강하게 내포하고 있었던 것 같다.

1980년대 중반까지는 마당극의 폭발적 확산기라 할 수 있을 정도로 많은 공연이 이루어졌다. 1970년대의 대학극과 다른 점은 마당극에 대한 이론이 꽤 심도 있게 정립된 점이라고 할 수 있을 것이다('마당극'이라는 명칭이 최초로 쓰인 것은 1970년대 말 서울대 연극부의 『허생전』에서부터이다).

마당극 이론가들은 기존 연극계의 안이한 매너리즘을 비판하면서 그 논의의 위상을 다져나간다. 즉, 기존의 한국 연극은 서구 상업주의의 소비적 경향을 그대로 받아들여 저질극이 난무하였고, 따라서 그 평가의 기준 역시 서구적 모더니즘일 수밖에 없었다. 또 소수의 선택된 관객만을 위한 공연이었기 때문에 예술의 비인간화, 비민중화 현상을 초래했다는 게 그들의 주장이었다. 그들은 '마당극' 형식을 '주체적 연극', '소외된 사람들의 삶의 무기로서의 연극'이라고 규정하고, 기존 문화권 전반의 낡은 질서를 부정·배척하였다.

그 이후 '마당극론'은 '마당굿론', '대동놀이론' 등으로 발전하였는데, 나의 1970년대의 연극 체험과 비교해 볼 때, 한마디로 '정치운동으로서의 성격'이 강하게 부각되었다고 볼 수 있다. 즉, 한국 전통극의 기본 골격이라 할 수 있는 '해학 속에 자연스럽게 포함되어 있는 풍자'가 '정치적 저항의식의 고취를 위한 민중 선도적 방편으로서의 풍자와 해학'으로 바뀌었던 것이다.

내가 1980년대 중반 이후에 관람한 마당극류의 작품 중 제일 기억에 남는 것은 김지하의 『똥바다』와 박재서의 『팽』이다. 두 작품 모두 관객을 웃기기는 웃겼다. 그러나 작가의 개인적 적개심과 한(恨)이 너무나 노출되어 있어 우리의 고전에서 보여주는 부드럽고 유순한 해학정신과는 엄청난 거리가 있었다. 특히 『팽』은 꽤 장기간 공연된 화제작이었으나, 나는 그 작품이 보여주는 것이 순수한 풍자나 해학이 아니라 상업주의적 선정주의와 결탁한 개그에 불과하다는 인상을 받았다.

어설픈 저항에 격려의 박수를 보내선 안 된다

꼭 서구의 문학용어인 '유머'의 개념으로 우리 고전의 '해학'을 받아들일 필요는 없을 것이다. 그러나 어차피 세계가 한 가족이 되어 가는 이 시대에 걸맞은 해학성을 창출해 내려면, 이제부터 우리 연극계는 국수주의의 좁은 울타리에서 벗어날 필요가 있다.

정치적 목적극으로서의 '마당극'만을 고집한다면 우리 연극계는 다시금 침체의 늪에 빠지게 되고 만다. '고전 해학의 현대적 수용'이라는 명분으로 머리에는 갓 쓰고 목에는 넥타이 매는 식, 또한 활로써 총탄을 쏘는 식이 되어서는 안 되는 것이다.

한시바삐 연극적 예술미학과 연극적 프로페셔널리즘을 회복시켜, 아마추어리즘과 민중극을 핑계 삼아 뻔뻔하게도 엉터리 저질극을 '문제극'으로 내세우는 현금의 연극 풍토를 개선할 필요가 있다. 어설픈 저항, 개인적 신경질과 공분(公憤)이 짬뽕된 저항에 이젠 더 이상 동정과 격려의 박수를 보내서는 안 된다.

우리나라 전통극이 갖고 있는 가장 소중한 유산이라고 할 수 있는 것은, '대동화합을 전제로 하여 현실생활에 밀착된 해학정신'과 그 해학성 속에 녹아들어가 있는 '세련된 풍자정신'이다. 이것들을 '보편적 세계정신'과 '탈이데올로기적 실용주의 정신'에 결합시켜야만 한다.

우리 고전이 가지고 있는 해학정신은 본능적 욕구의 대리배설이다

그러기 위해서는 우리나라 고전 전통극에서 가장 밑바탕 구실을 하고 있는 것이 무엇인지 확실히 파악해 둘 필요가 있다. 즉, '사회적 존재로서의 인간'을 가능케 해주는 실제적 이유라고 할 수 있는 '본능적 욕구의 대리배설(카타르시스)'이 바로 우리 고전이 갖고 있는 해학정신이며, 정치적 풍자나 비판은 그리 중요한 게 아니었다는 사실을 인정해야만 한다.

코미디도 아니고 저질 개그도 아닌, 그렇다고 고전 해학의 현대적 수용으로서의 순수한 마당극도 아닌, 엉성하기 짝이 없는 '말장난 연극'들이 판을 치는 요즘 연극계를 바라보면서, 나는 기분이 우울해질 수밖에 없다. 내가 새삼스럽게 과거 학창 시절의 연극 체험, 특히 소박한 연극적 열정과 '놀이 정신'으로만 밀고 나갔던 마당극 체험을 그리워하게 되는 것은 바로 그런 이유 때문일 것이다.

[1989]

연극으로서의 우리나라 전통연희(傳統演戲)

1.

사실상 우리나라에는 전통적으로 '연극'이라는 예술형태가 없었다. 여기서 연극이라 함은 배우와 희곡과 관객의 세 가지 요소가 결합되어 이루어지는 무대예술, 즉 서구적 의미로서의 연극을 말한다. 여기에는 '무대'라는 또 하나의 중요한 연극적 요소가 추가된다. 무대는 곧 극장을 말하는 것이며, 극장을 본거지로 하는 전문적 직업인들로서 구성된 극단(劇團)을 의미하기도 한다. 아무튼 이러한 관점에서 본다면 우리나라에는 전통적으로 연극이라는 종합예술로서의 공연양식이 전혀 없었다고 해도 과언이 아닌 것이다. 또한 그렇게 서구적 장르의 개념을 가지고 한국의 연극을 말한다면, 한국은 연극에 있어서만은 불모지였다고 말할 수도 있다.

같은 동양문화권에 속해 있는 나라들이라 할지라도, 이웃 나라 일본에는 '노(能)'[1]나 '가부키(歌舞伎)' 같은 무대예술이 형식적으로 이미 완성되어 있었고, 중국에는 '경극(京劇)'이라고 불리는 훌륭한 뮤지컬 드라마의 양식이 있었다.[2] 특히 '경극'의 짜여진 양식성은 독일의 극작가 브레히트(Bertolt Brecht)에게도 큰 영향을 주어, 현대 연극이론에 있어 가장 중요한 개념의 하나가 되어 있는 '소외효과(疎外效果, Alienation Effect)'의 이론을 탄생시켰다.[3]

---

1) 일본의 전통연극에 있어 예술적 가치를 지닌 것은 '가부키'보다도 '노'다. '노'의 일반적인 특징을 요약하면 다음과 같다.
   (1) 제의적(祭儀的) 요소를 가지고 있다.
   (2) 가면을 사용한다.
   (3) 무대장치, 극장 등의 구조가 이미 양식화되어 있다.
   (4) 일정한 극작가의 창작에 의한 대본이 있고 전문적인 극단이 존재한다.
   (5) 우리 생활의 가장 압축된 이미지를 플롯 없이 비사실적으로 무대위에 올린다.
   (6) 인간의 감정과 상상력을 상징화하여 표현한다.
   (7) 배우의 동작도 극도로 양식화되어 있어 일정한 연극적 관습에 의하여 움직인다.
   (8) 매우 내적이면서 고답적(高踏的)이며, 아름다움만이 전부가 아니라 미(美)를 초월하여 영원한 진리로 연결시키는 것이 목적이다.
2) 중국의 경극은 토털 시어터(total theatre)의 면을 가지고 있다. 글자 그대로 창극(唱劇)에 속하는 것으로서 춤, 노래, 곡예, 팬터마임, 광대놀음 등이 합쳐진 것이라고 할 수 있다. 그러나 도덕적 · 교훈적 색채가 짙으므로 일본의 '노'보다는 예술적 가치 면에서 떨어진다,
3) 브레히트는 중국의 연극을 보고 나서 반-아리스토텔레스 연극(Anti-Aristatelian Theatre)을 창안해 내었다. 중국의 경극에서 여러 가지 곡예라든지 춤 등을 사용함으로써 관객을 연극에 몰입되지 않은 제3자적인 객관적 상태에 머물러 있게 하는 효과에 착안했던 것이다. 즉, 아리

이렇게 서구 연극의 새로운 연극적 진보를 가능케 한 중요한 모티브를 중국의 연극 양식이 제공해 준 것을 보더라도, 그들의 연극은 서구적 연극 양식과 상당히 동일한 양식의 테두리 안에서 발전되어 왔다는 것을 알 수 있다. 그러나 우리나라에는 무대 위에서 일정한 연출가가 대본을 가지고 배우들을 훈련시켜 공연하는 연극 형태는 없었던 것이다.

하지만 바로 그렇게 생각하는 것이 문제다. 지금 우리가 쓰고 있는 모든 예술 장르의 개념들은 모두 다 우리나라 나름대로의 독자적인 기준에서 붙여진 것이 아니라는 사실을 우리는 다시 한 번 새롭게 인식할 필요가 있다. 예를 들어 문학에 있어서의 '소설'을 살펴보자. '소설'은 영어 'novel'의 번역어이지, 우리나라에서 고래로부터 있어 온 문학형식은 아닌 것이다. 물론 패관소설(稗官小說) 같은 것이 있어 소설이라는 명칭을 보이고 있기는 하지만, 그것은 '사서삼경' 같은 정통 유교경전(大說)에 대한 반대적 의미(小說)로 이름 붙인 것에 불과하다. 당시의 소설은 오히려 지금의 수필에 가깝다. 서구에서처럼 주제, 플롯, 문체 따위를 구성요소로 가지는 'novel'은 아닌 것이다.

스토텔레스의 연극은 카타르시스가 목적이지만 브레히트는 그러한 감정이입보다도 어떻게 하면 관객을 무대로부터 감정적으로 격리시키느냐 하는 데 목적을 둔 것이다. 그는 이것을 소외효과라고 불렀다. 즉, 그는 극장을 일종의 '강의실(lecture hall)'로 보고 연극 자체에 대한 감정적 함입(含入)보다도 그것에 대한 객관적 비판력을 기르는 것에 연극의 목적을 두었던 것이다. 그런 의미에서 그는 역사를 어떻게 해석하는가가 아니라 역사를 어떻게 개조할 수 있을 것인가를 모색하는 사회주의자였다.

연극도 마찬가지다. 우리가 지금 연극이라고 부르고 있는 것은 서구에서 수천 년에 걸쳐 발달해 내려온 'drama'를 편의상 번역한 것에 불과하다. 그리스의 고전연극으로부터 셰익스피어를 거쳐 현대의 사무엘 베케트에 이르는 서구의 연극을 우리는 20세기 초에 허겁지겁 받아들였다. 그러니 한국에 전통적인 연극(드라마로서의)이 존재하지 않았다는 것은 자명한 사실일 수밖에 없다. 하지만 그렇다고 해서 우리가 서구에 비해서 예술적 감성이 둔하여 연극을 발전시키지 못했다고 한탄하거나 창피해할 것도 없다.

서양의 소프라노 가수가 슈베르트의 가곡은 멋지게 부를 수 있겠지만, 어찌 판소리 『춘향가』의 구성진 대목을 흉내인들 낼 수 있겠는가? 문제는 모든 예술을 서구적 척도로서 획일화하여 평가하려는 좁은 사대주의적 안목을 없애는 일이다. 다리가 짧은 우리나라 사람들이 어찌 그들의 발레 솜씨를 흉내 낼 수가 있으랴. 그러나 우리나라에는 우아한 부채춤이 있다.

그러므로 우선 우리는 한국의 연극을 생각하기에 앞서 서구연극과 한국 연극을 혼동한다거나 비교하여 생각해서는 안 된다. 연극이 가지는 여러 가지 양식이나 관습(convention)은 시간과 장소의 차이에 따라 얼마든지 변할 수 있는 것이기 때문이다. 단지 우리는 우리나라의 고유한 연극 형태를 발견하고 그것을 재평가하는 일이 필요한 것이다.

2.

그렇다면 우리나라의 전통적 연극예술의 형태를 어디에서 찾을 것인가? 그러기 위해서는 다시금 '연극'('드라마'의 번역어로서가 아닌)의 개념을 재정립하는 것이 시급하다. 우선 우리가 알아두어야 할 것은 우리가 지금 보고 있는 연극만이 진정한 연극은 아니라는 사실이다. 극장이 있고 무대장치가 있고 조명이 있고 막이 올라가고, 배우들이 분장을 하고 대본에 의한 연기를 하는 등등의 것들은 형식상의 문제에 지나지 않는다. 중요한 것은 연극이 전체예술, 종합예술이라는 것이며, 보여주는 자와 보는 자의 만남으로써 이루어지는 예술이라는 사실이다.

그러므로 무대가 있다든지 없다든지 하는 것은 문제가 되지 않는다. 심지어 언어조차도 필요 없는 경우가 있다(무언극의 경우가 그렇다). 각본이 없어도 된다. 우리의 인생 그 자체가 바로 연극이 아니고 무엇인가? 이런 관점에서 살펴보면, 우리는 한국의 전통극을 쉽사리 긍정적으로 재발견할 수 있다.

연극이 실제로 민중 모두에게 어필할 수 있는 것은, 바로 연극이 '행동'을 표현의 소재로 채택하고 있기 때문일 것이다. 연극이라는 명칭을 알기 이전부터 모든 사람들은 사실상 인생 그 자체를 '연극적'인 것으로 일상생활 속에서 경험한다. 또 연극은 가장 직접적인 예술이다. 그것은 연극이 표현수단을 문자, 음성, 돌, 나무, 캔버스 등에서 구하지 않고 인간 그 자체에서 구하기 때문이다. 즉 연극은 인간 속에서 태어나고 사멸하여 또다시 태어나는 본질적이고 정열적인 욕구에 그 기원을 두고 있는 까닭에, 사실상 그리 쉽사리 사멸하는 것이 아니다. 연극은 어린이들 속에서도 그 자체를 완성하는 까닭에, 그들의 놀이는 창조적인 기쁨으로 생동하고 있으며, 또한 연극은 그들이 예술가든 관객이든 간에 어른들 속에서도 살아 있다. 말하자면 연극은 자신을 변모·향상시켜 보려는 불굴의 욕구이며, 자신을 드러내 보이려고 하는 초자연적인 충동이다.

고구려의 동맹(東盟), 동예의 무천(舞天), 부여의 영고(迎鼓) 등 우리나라 고대의 제천의식(祭天儀式)이 그러하였다. 연극이 이른바 원시 종합예술의 형태로 종교와 일치하여 같은 형식 가운데서 출발하였다고 하는 것은 중요한 의미가 있다. 연극은 있는 것을 다시 모방하여 '재현(represent)'하는 것이 아니라, 그 나름대로의 창조적 행동으로서 '표현(present)'하는 것이다. 여기에 한국의 전통극의 특성은 그대로 부합된다.

한국에는 서구의 연극과 같이 완벽한 기교와 형식을 갖춘 무대예술은 없었다. 그러나 서구의 연극에 비하여 우리의 것은 훨씬 더 '표현(present)'에 가까웠다. 서구 연극은 감정이입(感情移入)을 내세운다. 현실을 충분히 모방하여 그대로 무대 위에 재현(represent)하는 것만으로 연극의 효용과 가치를 찾으려고 했던 것이다. 배우는 희곡에 쓰여 있는 대사를 그대로 줄줄 외워대는 말하는 인형에 불과하지 창조자는 아니다. 그러나 우리의 전통연극은 다르다. 보여주는 자와 보는 자 간의 상호관계 속에서 다양한 형태를 갖고 있다. 그 중에서 특히 중요한 것은 '탈춤'이다. 무대가 없고 장치도 없으나, 엄연히 관객이 있고 배우가 있다. 무대가 없는 대신에 오히려 관객과 배우의 호흡은 더욱 잘 혼연일체가 되어, 관객의 연극 행위에의 참여가 자연스럽게 이루어진다.

희곡이 완벽하게 마련되어 있는 것도 아니다. 배우는 흥이 나면 대사에 없는 것을 지껄여댈 수도 있다. 관객도 같다. 이것이 바로 진정한 '창조'다. 또한 '굿' 같은 것에서 무당은 예술과 종교를 혼합해 놓은 차원 높은 경지의 연극을 이루어낸다. 그것은 단지 현실의 피상적인 현상들을 모방해 내기만 하는 것이 아니라, 새로운 비전과 실질적 영혼의 체험을 관객에게 주는 것이다. 연극이 인간의 한정적인 현실세계를 뛰어넘어 피안(彼岸)의 세계로까지 관객을 이끌어준다는 것, 이것이 바로 우리의 탈춤(가면극)이나 굿 등의 전통극이 갖고 있는 자랑스러운 유산인 것이다. 이 밖에도 우리의 전통예술에서 연극적 형태의 요소를 찾아보기는 어렵지 않다.

남사당의 '꼭두각시놀음'은 훌륭한 인형극이다. 그리고 '판소리'는 한 사람이 연기하는 훌륭한 연극 형태의 예술인 것이다.

3.

한국의 전통극 형태 가운데서 가장 연극에 가깝다고 말할 수 있는 것은 역시 탈춤(가면극)이라고 할 수 있다. 한국의 가면극에 대해서 잠깐 살펴보기로 하자. 한국 가면극이 연극이냐 아니냐 하는 논란은 아직까지도 계속되고 있다. 가면극을 어떤 형태의 예술로 보느냐에 따라 가면극을 연극으로 정의할 수 있는가 없는가의 문제가 좌우된다. 가면극을 보는 학자들의 입장은 다음과 같이 두 가지로 나뉜다.

첫째, 가면극을 일종의 '집단연희(集團演戲)'로 보는 것이다. 이것은 '서사적(敍事的) 연희'라고도 불린다. 즉 가면극은 연희적 요소를 지닌 놀이라는 것이다. 계절마다 연중행사로 벌인 축제놀이와 서사적 연희를 다함께 '굿놀이'라는 넓은 형식 속에 포함시킨다. 그러므로 결국 가면극이란 '놀이'와 '연극'이 아직 나누어지기 이전의 예술형식으로 볼 수 있다는 것이다. 이것은 한국의 가면극이 연극으로서 간주될 수가 없다는 입장이다.[4)]

둘째, 가면극을 예술형태의 것으로 보고 집단적 연희나 종교적 제의(祭儀) 같은 것과 분리시켜 생각하는 것이다.

이런 견해는 한국 가면극은 어디까지나 '연극'이라는 관점을 나타내는 것이다. 이들은 탈춤이 주술(呪術)에 입각하는 제의의 형태와는 다른 것이라고 생각한다. 즉 탈춤은 예술이지 종교적 주술은 아니다. 왜냐하면 주술의 형식은 관습적으로 나타나는

---

4) 이 이론을 주장하고 있는 학자는 이상일, 김열규 등으로서, 그들이 말하는 '집단연희' 혹은 '굿놀이'라는 개념은 비단 가면극뿐만 아니라 줄다리기, 지신밟기, 농악 등의 계절제의(季節祭儀) 혹은 세시풍속까지를 동시에 포함하고 있는데, 그들에 의하면 굿놀이의 근저에는 '놀이 정신'이라는 것이 자리 잡고 있다는 것이다. 이상일은 "그것(가면극)은 아직도 연희적 성격이 강하기 때문에 표층문화권(表層文化圈)에 수용되어 순화되고 세련된 양식미를 얻어 고전화했다는 뜻에서의 전통연극일 수는 없는 것이다"라는 이유에서 가면극을 '서사적 연희'로 지칭한 후, 연희적 요소를 지닌 놀이, 즉 계절제의, 연중행사적 축제놀이와 서사적 연희를 다함께 '굿놀이'라는 넓은 형식 속에 포함시킨다고 자신의 입장을 밝히고 있다(이상일, 「굿의 연극학과 사회적 기능」, 『세계의 문학』, 1977년 봄호 참조). 또한 김열규도 『한국민속과 문학연구』(일조각, 1971) 등의 저술에서 이와 유사한 견해를 피력하고 있다.

것이며, 자연과 인간이 갖고 있는 갈등의 문제를 '해결'하기 위한 것이기 때문이다. 그러나 예술은 그런 해결에 목적을 두는 것이 아니다. 예술은 단지 '인식'하고 그 인식을 발전시켜 갈등의 문제를 '표현'함으로써 족한 것이다.[5)]

필자의 견해는 어디까지나 가면극은 연극이라는 입장에 속한다. 그러므로 우리나라의 가면극은 넓게 보아 '민속극'의 범주인에 포함시켜야 한다고 본다. 가면극을 민속극의 범주로 이해할 때, 한국 가면극은 다음 네 가지 특징으로 요약될 수 있을 것이다. 즉, 한국 가면극은 (1) 민간전승(民間傳承)의 민속극으로서, (2) 탈을 쓴 배우가, (3) 집약적 행위로 된 사건을 대화와 몸짓으로 표현하는, (4) 다른 무엇에 의존하지 않고 독립적으로 공연할 수 있는 예술이다.

이렇게 보면 한국 가면극은 연희나 굿놀이일 수만은 없다. 그

---

5) 김방옥, 『한국 가면극의 연극미학』, 이화여자대학교 대학원, 1977 참조. 그는 한국 가면극의 연극, 비연극(非演劇)의 여부가 서양 근대 연극의 미학적 기준－다시 말해서 한국 가면극은 완결된 플롯, 흥행성, 극장, 개인작가 등을 지니지 못했으므로 연극이 아니라는 식의 기준－으로 결정된다는 의견에는 동의할 수 없다고 말한다. 또한 완결된 플롯, 흥행성, 극장, 개인작가의 유무는 연극의 필수요건이 될 수 없음은 물론, 그것이 중세적(中世的) 한계로만 해석될 수 있는가 없는가 여부까지도 재고의 여지가 있다고 본다. 왜냐하면 한국 가면극의 그러한 중세적 한계들은, 동시에 가장 진보적인 연극미학의 발판이 될 가능성을 지니고 있기 때문이라는 것이다. 예를 들어 개인작가의 유무 같은 문제는 곧 '공동창작'의 문제와 연결되는데, 이것은 현대극에서 개인창작이 지니는 여러 가지 부작용, 즉 예술이 특수층의 기호에 영합하는 지나친 '전문화'의 문제라든지, 형식지상주의적인 지나친 순수성에의 고집과 난해성의 문제 등을 해결해 줄 수 있다는 것이다.

것은 어떤 수단이나 목적(예를 들면 형이상학적인 종교적 진리의 강요 등)을 위해서 부차적으로 형성된 것은 아니다. 그리고 앞서 말했다시피, 한국 가면극은 완결된 플롯, 흥행성, 극장, 개인 극작가 등을 지니지 못했다고 해서 연극이 아닐 수도 없는 것이다.

이런 것들은 오히려 서구 연극사에 있어 중세 시대의 연극이 가졌던 형식상의 제약일 수도 있다. 그러므로 이러한 부대적 형식의 제약을 벗어난 한국 가면극의 여러 요소들은 동시에 가장 진보적이며, 미래 연극미학의 발판이 될 가능성을 지니고 있다고 할 수 있다. 한국 가면극은 일반적인 서구 연극이 빚어내는 부작용들— 예를 들어 무대장치와 조명의 발달이 빚어낸 사실적 재현에 대한 과잉 집착, 극장 건축의 지나친 장식과 위용(威容)에 의한 연극의 부속물화, 무대라는 성역(聖域)이 요구하는 무대와 관객과의 완벽한 단절, 개인 극작가와 연극인의 지나친 전문화가 야기하는 극적 기본 구조의 상실, 자의식 과잉의 난해성과 형식주의의 횡포— 등으로부터 자유로울 수 있었고, 또 앞으로도 더욱 자유로워질지 모른다.

그리고 한국 가면극의 이러한 측면들이야말로 20세기 서구에 나타난 연극의 혁신주의자들이 부르짖는 연극의 개혁운동과도 만날 수 있는 측면인 것이다.[6]

---

6) 리처드 서던(Richard Southern)은 무대 및 공연양식을 중심으로 한 연극의 발전 과정을 7단계로 나눈 바 있다(Richard Southern, *The Seven Ages of the Theatre*, New York: Hall and Wang).

(1) 의상을 갖춘 연기자(제의적 잔재로서의 기본 갈등 구조만을 지닌 연

4.

가면극은 고대로 소급하여 올라가면 '부락굿'에서부터 출발한 것으로 보인다. 오락성을 갖기 이전에 신앙적 형태로서 출발하여 점차 예술적이고 유희적인 면으로 가면극의 심층적 의도성이 발전되어 갔다고 할 수 있다. 탈은 얼굴을 가린다는 특정한 목적과 용도 관념을 가짐으로써 다른 이상적이고 공포적인 인물이나 동물 또는 초자연적인 존재를 표상하는 것으로 바뀌어 갔다.

가면은 '은폐'와 '신비화'의 이중적 역할을 한다. 가면은 신앙적인 면과 주술적인 의식의 관념에 기인하여 인간을 초인간적으로 나타내기 위한 신비화의 도구로 사용된 것이다.

우리나라의 고대 '부락굿'은 횃불 행진, 탈춤, 그네뛰기, 농악 등이 더불어 거행되었다. 이것은 온 부락의 축제이면서 그들을

극)
(2) 종교적 대축제의 형식
(3) 전문적 연극집단의 등장
(4) 무대의 성립
(5) 무대장치와 지붕을 지닌 극장의 등장
(6) 극적 환상(illusion)에 의거한 연극
(7) 극적 환성을 거부(Anti-illusion)하는 연극
이러한 서던의 학설을 빌려 생각해 볼 때, 한국 가면극은 1단계에서 7단계로의 비약이 가능했던 독특한 연극미학의 발전 단계를 거친 것으로 해석해 볼 수 있다. 다시 말해서 한국 가면극은 풍농(豐農) 굿의 기본 갈등구조와 놀이공간을 그대로 계승하면서 일반적인 연극 발전사의 다음 단계인 개인창작, 실내극장, 무대장치 등의 과정을 거치지 않은 채, 그 나름대로의 특수성을 발전시키고 심화시켜 현재의 상태에 이르렀다고 볼 수 있다.

단합하기 위한 계기도 되었다. 그러나 상업의 발달과 더불어 도시가 생기고 양반의 몰락과 함께 민중들의 자각이 높아지게 되자 부락굿의 일부인 탈춤을 따로 떼어 그들의 입장을 강화하는 데 도움을 얻고자 하였다. 18세기 중엽부터 단합된 민중들은 더욱 과감하게 당시의 양반 문화권을 위협하면서 그들 나름대로의 바람직한 세계를 꿈꿔 보았다. 탈춤은 점차 가면극화되어 세련되어 가고 그 형식도 어느 정도 틀이 잡혀 갔다.

가면극은 보통 앞놀이(길놀이)로 시작된다. '서낭대'와 탈들을 앞세우고 풍물을 울리며 마을을 돈다. 이것은 풍요한 생산을 기원하는 것이다. 주로 부유한 집을 돌면서 춤과 재담을 베풀어 음식과 술을 대접받고 흥취를 돋우다가 밤이 되면 탈판에 도착한다. 탈판은 주로 마을의 넓은 마당이나 들판을 이용하였다. 가면극을 시작하기 전에는 언제나 고사를 지낸다. 그리고 처음에는 의식무(儀式舞)가 시작된다. 춤과 재담을 풀어낼 때 민중들은 그야말로 질탕하게 웃을 수 있었다. 현실에서 떠나 불안을 넘어서려는 마음에서였을까? 민중들은 탈판에서 그들의 현재의 곤궁함을 보며, 아울러 새로운 미래를 꿈꾸었던 것이다.

가면극에는 파계한 중, 몰락한 양반, 무당, 서민들이 차례로 등장하는데, 이들은 그 시대의 사회상을 대표하는 인물들이다. 여기서 우리는 그들이 연출하는 의식무와 파계승에 대한 모욕, 남녀의 애정갈등, 서민생활의 곤궁상들을 그 자체로만 보고 지나쳐서는 안 된다. 그것들 밑에 흐르고 있는 그들의 '꿈'을 볼 수 있어야 한다. 그것은 곧 '창조의 황홀경'이다. 가면극은 진정 민중의 유토피아가 되는 것이다. 비현실과 불가능이 가면극을 통해서 실현되고 있다. 여기서 우리는 역사의 슬픈 상황을 가면극이라는 공동행위를 통해서 슬기롭게 극복하려는 적극적인 민중의 의지를 엿볼 수가 있다.

가면극은 일종의 변혁(變革)의 세계다. 지금까지의 기존 질서와 가치체계는 혼돈에 빠져버린다. 아니꼽던 중들도 허울을 벗어버리고 말만 앞세우는 명분은 무언의 행동 앞에서 의미를 잃고 만다. 낡고 허울 좋은 것은 물러가고 새롭고 알찬 것이 그 자리를 차지한다. 어느 가면극에나 누군가 죽는 역이 있다. 대개는 신과 교통하는 무당인 '미얄'이 죽는다. 늙고 병든 미얄은 젊은 계집한테 영감을 빼앗기고 죽음까지 당한다. 그러나 그 죽음이란 실제로 재생(再生)을 전제로 한 것이다. 새로운 창조의 가능성을 내포한 '창조적 혼돈'이다. 미얄은 성화(聖化)되어 다시 찾아와서 남은 이들을 축복해 준다.

가면극이 끝날 무렵, 민중은 군무(群舞)와 더불어, 그들을 현실에서 격리시키고 마냥 환상의 세계로 이끌어 가던 탈을 냉정하게 태워버린다. 이것은 조금 전에 있었던 환상의 세계를 실제로 이루기 위해 현실에 다시금 충실해야 한다는 그들의 굳은 의지의 표현인 것이다.

5.

우리나라의 전통연희 중에서 '굿' 또한 빼놓을 수 없는 소중한 연극적 유산이다. 굿은 보통 세 가지 순서로 이루어진다. 즉 신령을 초청하는 부분, 강림한 신을 춤과 노래로 오신(娛神)하는 부분, 그리고 송신(送神)하는 부분이 그것이다.[7] 굿은 그러므로 완벽한 극적 구조를 가지고 있다고 볼 수 있다. 물론 제의(祭儀)와 연극이 결합된 양식이다. 아리스토텔레스가 이야기한 것처럼 극적 양식이 완벽한 인과관계에 토대를 둔 플롯에 의하여 표현되어 있지는 않지만, 서구적 개념을 탈피하여 동양 연극적 입장에서 볼 때, 굿은 훌륭한 연극인 것이다. 아시아의 전통 연극들은 플롯 또는 이야기의 설정이 에피소드적인 경우가 많고 필연적인 플롯의 전개가 없다. 마치 가면극에서 각 과장(科場)이 서로 완전히 독립된 사건을 극화(劇化)시키고 있으며, 한 과장 안에서 다시 나누어지는 경(景)과 경 사이에서도 노장 과장을 제외하고는 동일한 극중 인물이 재등장한다는 것 외에는 별다른 내용상의 연결을 볼 수 없는 것과 마찬가지다. 이와 같이 굿 의례(儀禮)의 양식은 동양 연극의 전반적인 전개형식과 공통되는 특징을 갖는다. 즉, 굿은 동양 연극 그리고 가면극처럼 그 전개과정에 있어 필연적 관계를 맺지 않는 완결된 에피소드의 연결이라는 극적 구조를 갖는다고 말할 수 있는 것이다.

그러면 하나의 독립된 굿거리, 즉 에피소드는 어떤 극적 구조를 갖고 있는가? 각 굿거리는 춤, 노래, 대화, 기타의 연극적 행위로 구성되며 무당이 각자에 해당하는 신(神)이 되기 위한 준비 단계, 신과 인간의 만남, 신을 즐겁게 해드리는 단계, 그리고

7) 무당굿은 촌락 굿과 개인 굿으로 나뉜다. 개인 굿은 가정이나 개인의 액운을 막고 행복을 불러들이기 위해서 하는 것으로, 지금까지도 생생하게 살아 있는 문화현상이다. 개인 굿은 다시 그 목적에 따라 재수굿, 병굿, 진오기굿으로 나뉜다.

신을 떠나보내는 단계의 순서로 진행된다. 이 가운데 소위 영신(迎神) 과정은 격렬한 접신무(接神舞)가 병행되며 송신(送神) 과정 역시 춤으로 일관한다. 그런데 이러한 진행과정 가운데서 가장 중요한 것은 역시 무교적(巫敎的) 요소인 '공수'다. '공수'란 신이 무당에게 올라 무당의 입을 통하여 인간에 내리는 일종의 신탁(信託)으로서의 예언을 말한다. 공수를 주는 무당은 신이 되어 인간과 만나는데, 이때 신과 인간의 직접석 대화가 이루어지며 여기서 풍부한 연극성을 보여주게 되는 것이다.[8)]

'대화'는 연극에서 본질적인 요소다. 커비(Ernest Theodore Kirby)는 샤먼 의식(儀式)에서 대화는 샤먼이 정령과 대화를 나눌 때, 영계(靈界)의 여행을 이야기할 때, 그리고 강신 의식에서 나타나며, 이러한 대화는 샤먼적인 연극적 연행(演行)의 생동적이고 적극적인 국면으로 간주되어야 한다고 지적한 바 있다.[9)] 대화의 측면에서만 굿을 본다면, 굿 한 거리는 초인간적인 힘을 지닌 신격(神格)을 나타내는 무당과 그 힘을 자신에게 유리하게끔 인도하려는 인간과의 흥정이 중심 내용이 되어 이루어진다고 볼 수 있다. 이러한 무당과 굿터에 참석한 구경꾼들, 특히 가족과의 대화의 내용은 신(神)의 성격에 따라 매우 풍부해져서 극적인 상황을 연출하기도 하고 때로는 형식적인 것으로 끝나기도 한다.

굿을 함에 있어 정도의 차이는 있으나, 무당은 신의 성격에

---

8) 황루시, 『굿의 연극성』, 이화여자대학교 대학원, 1978, pp.6-18 참조.
9) E. T. Kirby, 「샤머니즘과 연극」, 『연극평론』 제14호, 1976 참조.

따라 위엄과 협박, 또는 신에 의한 점술(占術)로서의 신탁(神託), 춤, 곡예사적 묘기, 때로는 익살과 눈물까지 동원하여 갖은 방법으로 돈을 받아내기 위하여 노력을 한다. 이것은 종합예술로서의 연극, 나아가서는 토털 시어터(total theatre)에서의 전인적(全人的) 능력을 지닌 배우의 역할과 완전히 같은 것이라고 할 수 있는 것이다. 여기서 재미있는 것은 굿에 있어서 관객인 구경꾼들 역시 적극적으로 연희(演戲)에 참여한다는 것이다. 서양의 전통연극은 단지 관객을 꼭두각시적인 필수적 장치물(裝置物)로 취급하는 경향이 있으나(절대로 떠들면 안 되고 기침소리조차 내면 안 된다. 그러면 연극이라는 '숭고한' 예술에 무지한 사람이 되고 천박한 인간이 되고 마는 것이다), 굿에서 구경꾼들은 자발적이고 능동적인 극히 자유로운 연기로 연극 행위에 자연스럽게 '참여'한다고 할 수 있다. 즉, 구경꾼들은 무당이 돈을 요구할 때 어떻게 해서든지 돈을 내지 않으려고 빌어보기도 하고, 사정도 하고, 화를 내기도 하는 등 여러 형태의 반응을 하는 것이다. 그리고 바로 이러한 '흥정'의 양상이 다양하게 나타나는 굿거리일수록 모든 사람의 흥미를 자아내며 풍부한 오락성과 연극성을 보여주는 것이다.[10)]

---

10) 무당의 사신(使神) 행위를 살펴보면, 의식적인 연기라고 할 수 있는 면과 실제로 신(神)을 놀리는 두 가지 면을 발견할 수 있다. 즉 무당은 개개의 신격(神格)을 표현하기 위해서 제스처, 춤, 말투 등 독특한 연기를 구사하고 있으며, 한편 초인간적인 힘에 함입(含入)되는 무당의 정신상태는 정신이상자의 그것과는 전혀 다른, 자아(自我)를 두 가지로 분열시키는 능력으로서, 오히려 현대 연기론에서 말하는 바람직한 배우의 상태와 같은 것이라고 할 수 있다.

이와 같이 굿은 각기 필연적으로 연관성이 없는 굿거리의 연결로 이루어지며, 또한 대화를 중심으로 볼 때 굿 한 거리는 단순한 두 사람의 대화를 중심으로 하는 극적 구조를 가지고 있다. 이러한 극적 구조는 필연적으로 연극적 미학을 확실히 수립하고 있는 것이다. 그러므로 굿은 종교적 제의(祭儀)이기보다는 연극으로서의 측면이 더 강조되는 예술형식이라고 할 수 있다.

6.

역사의 흐름을 이루어 온 기반을 민중에게 두고, 삶의 공영(共榮)을 지향하는 민중적 의식을 토대로 한 문화만이 그 존재 이유가 있다고 생각할 때, 민중적 의식, 민중적 사고방식에 대한 탐구는 필연적인 것이다. 가면극이나 굿 등을 중심으로 하는 민간연희(民間演戲)를 미개적 퇴행현상(退行現象)으로 쉽게 규정짓지만 않는다면, 가면극을 중심으로 하는 우리나라 전통극에 대한 탐구와 이해에서 우리는 한국적 심상(心象)의 원형을 쉽게 찾을 수 있을 것이다.

그리하여 옛날 민중이라는 집단이 그 핵심을 둘러싸고 창의적인 잠재능력을 발휘한 것같이 우리도 그 핵심에서 출발하여 현대 문명 속에서 차단되고 있는 '이해'와 '공감'의 영역을 넓혀가야겠다. 한국의 전통극이 갖는 의의는, 그것이 연극으로서 갖는 양식적인 특징의 문제를 떠나 이러한 근본적인 정신 문제의 차원에서 다시금 조명될 때 더 커질 수 있을 것 같다.

[1982]

동양 연극의 상징성

일본의 '노(能)'를 중심으로

1.

관객이 연극의 외적(外的)인 양태(樣態)에만 집착하는 한, 그 연극은 연극이 본래 전달하려던 것, 전달하기 위하여 생각해 냈던 것 이상의 그 무엇을 전달해 주지 않는다. 그것은 아리스토텔레스 이래로 카타르시스와 감정이입만을 목적으로 했던 서양 연극이 지금껏 드러내 왔던 한계였다. 그들은 현실을 충실히 모방하여 그대로 무대 위에 재현[1]하는 것만으로 연극의 가치를 찾으려고 하였다.

그러나 그러한 사실성에 바탕을 둔 예술이, 바로 그러한 사실성에 힘입은 예술의 한계를 뛰어넘어, 예술 이전의 본체와 실상

---

1) 이른바 'representation'이다. 이것은 순수한 창조적 '표현'인 'presentation'과 구별된다.

의 신비한 세계를 계시하여 줄 수 있는 것일까? 예술 자체로 볼 때 그러한 질문은 어리석은 질문이 될 수도 있다. 왜냐하면 예술의 본분은, 그것이 단지 예술 자체만으로서 존립될 수 있다는 것에 더 큰 가치를 두고 있기 때문이다. 그러나 일단은 예술이 스스로의 대자연적(對自然的) 공감을 '전달'하려는 데에 목표하고 있다는 것을 인정하고 난다면, 그러한 예술을 위한 예술 자체의 존립가치와 의의는 무너져버리고 말 것이다. 왜냐하면 사람들은 예술을 통하여 무엇인가 스스로와 주변 세계와의 교감을 구하려고 하며, 우주의 궁극적 실상(實相)에 접근하려고 하기 때문이다.

그런 뜻에서 본다면 예술은 일종의 '교환소'의 역할을 한다고 볼 수 있다. 즉, 실재의 모든 것은 수리과학이나 일상의 언어 등의 채널을 통해서는 터득되지 않으므로, 실재적 본질의 의미와 우리의 현상적 감각은 예술적 감흥의 경로를 통하여 서로가 접합(接合)된다는 것이다.

이러한 '교환소'의 성질을 가장 직접적으로 드러내고 있는 예술의 양식은 무엇일까? 그것은 두말할 필요도 없이 연극이 될 수밖에 없다. 연극에서야말로 '예술하는 자'와 '예술을 감상하는 자'의 물리적 벽이 어느 정도 제거되며, 시간과 공간의 제약이 다소나마 해소되기 때문이다. 또한 관객의 예술적 감흥은 즉감적이고 찰나적이기 때문에 오히려 더 순수한 감동의 차원이 될 수도 있는 것이다. 물론 서양 연극이 이러한 '벽'의 철저한 제거를 염두에 두고서 발전해 왔다는 것은 확실한 사실이다.

그러나 그들에게 있어서는 그러한 벽의 제거나 연극적 감흥이 어디까지나 피상적인 것에 불과하였다. 연극 속에서의 모든 실재는 단지 현상으로서의 실재에 불과하였고, 우리가 살고 있는 이 대우주의 실재적 지평에까지 미칠 수는 없는 것이었다. 이런 실재를 향한 부단한 '앎의 자유'를 위한 추구의 측면에서 볼 때, 동양의 연극은 확연히 그 가치를 드러내게 되는 것이다. 동양의 연극은 연극의 외적 형식에 주목하지 않는다. 그렇기 때문에 오히려 배우의 연기는 양식화(樣式化)되어 있고 고정적이다. 그러나 그러한 고정성은 오히려, 연극이라는 형식이 이미 어쩔 수 없이 갖고 있는, 비현실적일 수밖에 없는 모방의 속성, 즉 현실과 괴리되어 존재할 수밖에 없는 한계성을 선험적으로 인식한 뒤에 이루어진 것이다.

아무리 극중의 배우가 훌륭한 연기를 해낸다고 해도 그는 그 인물 자체로 개조될 수 없다. 배우는 어디까지나 배우 자신이다. 그러므로 동양 연극에서의 극 전개는, 이미 비사실성을 염두에 두고서 다시 새로운 현실을 '창조'하는 것에 그 초점이 있다. 그리고 그러한 새로운 창조는 또 다른 의미의 실재의 측면을 우리에게 열어 보여줌으로써, 우리로 하여금 현실의 언어나 기호로서는 도저히 이해될 수 없는 새로운 본체(本體)에의 지각(知覺)을 가능케 해주는 것이다.

그러면 이러한 본체적 지각을 가능케 해주는 '교환소'로서의 예술이 갖는 본질적 표현방식은 무엇일까? 그것을 한마디로 설명하기는 어렵다. 그러나 그러한 애매모호한 성질을 뭉뚱그려서 우리는 '상징'이라고 부를 수 있을 것이다. 연극에 있어서 뿐만이 아니라 철학이나 신학에 있어서도 상징은 모든 혼란과 무질서의 관계를 극복하여 궁극적인 진리의 지평을 열어 보인 최후의 언어였다.

아무리 심오한 철학적 논증이라도, 최후의 한순간의 깨달음을 위해서는 인간언어의 차원을 떠난 상징을 통한 계시의 기능에 힘입지 않을 수가 없었다. 예컨대 빈센트 반 고흐의 그림 앞에서 우리는 자연철학의 심오한 진리를 즉감적으로 경험하며, 몇 줄의 시구(詩句) 속에서 신과 우주의 의미를 어렴풋하게나마 감지하는 것이다. 그러므로 연극에 있어서도 상징의 의미는 중요한 것이 되지 않을 수 없다.

연극은 우리들 인생의 생활 그 자체를 그대로 재현하여 보여주기 때문에 더 큰 상징적 계시의 기능을 갖고 있다. 그리고 우리는 연극을 통하여 순간적으로나마, 사변적으로 해결하지 못했던 모든 궁극적 관심에 대한 이해의 실마리를 찾게 되는 것이다. 이런 상징적 측면으로서의 연극을 새롭게 조명해 볼 때 우리는 동양 연극에서 그 무한한 가능성을 발견한다. 서양의 귀납적 추리방식에 의해서는 도무지 납득되지 않는 무한한 불가해(不可解)의 궁극적 미해결의 문제들이 동양 연극의 연역적 전개방식에 의하여 직관적으로 인지되는 것이다. 이러한 상징의 작용을 연극에 가장 훌륭하게 주입한 것이 바로 일본의 '노(能)'라고 할 수 있겠다. '노'의 연극적 특성은 외적인 표현방식에 존재하지 않고, 그것이 갖는 내적인 면, 즉 비사실성과 상징적 환상성에 바탕하여 존재하는 것이다. 그리고 이러한 '노'의 내적 · 철학적 의미로서의 독특한 분위기는 다른 모든 동양 연극의 이념적 기반이 되고 있다.

2.

일본의 전통적 연극 '노(能)'[2]의 연극적 가치가 상징성을 기반으로 하여 이루어진다고 보는 것은, '노'가 '유현미(幽玄美)'를 그 근본 특성으로 갖고 있기 때문이다. '유현(幽玄)'이란 현실의 세계가 아닌 환상의 세계, 상상의 세계를 말한다. '노'는 우리 생활의 가장 압축된 이미지를 사실적 플롯 없이 무대 위에 올려놓는다. 그리고 스토리와는 무관하게 인간의 감정과 상상력을 집약적으로 표현한다. 그러므로 '노'에 등장하는 인물은 현실적 인물보다는 내세적 인물이 많다. 원귀, 망령, 잡신들이 곧잘 등장하는 것은 그러한 '노'의 특성 때문이다. 얼핏 보기에 '노'는 그러한 비사실성, 환상성 때문에 매우 고답적이고 유미적인 것 같은 인상을 준다. 그러나 그러한 신비적 아름다움은 아름다움 자체만으로 끝나는 아름다움이 아니다. 그 아름다움은 단지

---

2) '노'의 일반적인 특징을 요약하면 다음과 같다.
 (1) 제의적(祭儀的) 요소를 가지고 있다.
 (2) 가면을 사용한다.
 (3) 무대장치, 극장 등의 구조가 이미 양식화되어 있다.
 (4) 일정한 극작가의 창작에 의한 대본이 있고 전문적인 극단이 존재한다.
 (5) 우리 생활의 가장 압축된 이미지를 플롯 없이 비사실적으로 무대 위에 올린다.
 (6) 인간의 감정과 상상력을 상징화하여 표현한다.
 (7) 배우의 동작도 극도로 양식화되어 있어 일정한 연극적 관습에 의하여 움직인다.
 (8) 매우 내적이면서 고답적(高踏的)이며, 아름다움만이 전부가 아니라 미(美)를 초월하여 영원한 진리로 연결시키는 것이 목적이다.

현실을 초월하여 영원으로 연결하기 위한 교환소의 역할을 갖고서 존재할 뿐이다.

즉, 현실을 뛰어넘는 본체와 우주의 신비한 궁극적 실상을 표현하기 위하여서는, 부득이 현실의 언어를 초월한 독특한 중개자를 필요로 하므로, 그 중개자로서 고도의 환상적 유미성(唯美性)을 필요로 할 뿐인 것이다. 이러한 환상적 유현미는 반은 보이고 반은 보이지 않는 불가해한 특성을 갖고 있다. 그것은 우리의 인생이나 세계 자체가 이미 '꿈'으로밖에는 표현될 수 없는 신비한 불가지론적 특성을 갖고 있기 때문에, 그것을 전제로 하여 선입관으로 감수하고 받아들인 것이라고 볼 수 있다. 이러한 유현의 철학적 배경으로는 동양 특유의 선적(禪的)이고 도교적인 종교사상이 밑바탕을 이루고 있다.

서양의 문명이 현세적인 가시(可視)와 가능(可能)의 세계를 밑바탕으로 하여 이루어진 데 반하여, 동양의 모든 생활양식은 내세적이고 범신론적인 구조 위에서 이루어졌다. 현실의 모든 양상은 전세(前世)의 업보에 의한 인과사상에 의하여 처리된다. 여기에는 불교의 윤회설이 다시 하나의 요소로서 작용한다.

'노'의 유현미는, 이러한 사상들을 기본으로 하여 모든 현상을 초월하는 '영원성을 향한 상징적 계시'를 극 속에 주입시키는 역할을 한다. 이러한 '상징적 계시'를 시도하는 여러 가지 노력들은 모든 동양의 민속종교에 있어 신비주의적 요소를 불가피하게 만든 주된 동인(動因)이 되고 있다.

그렇다면 '노'에서 표출되는 '상징'이란 도대체 어떤 기능을 갖고 있는 것일까? 그것을 이해하기 위해서는 우선 상징 자체가 갖고 있는 의의를 파악하는 것이 필요하다. 상징은 비단 연극 속에서만 작용하는 것이 아니라, 우리의 모든 인식 내부에 있어 필수적으로 작용하고 있는 것이기 때문이다. 그러한 상징의 역할을 가장 중요한 '연극의 포인트'로서 인식한 '노'의 이론가—예를 들면 '제아미(世阿彌)' 같은—야말로 진정한 의미에서의 예술을 이해한 사람이라고 볼 수 있을 것이다. 상징은 이성의 능력을 떠나서 존재한다. 사실상 서구의 합리주의 철학이 떠받들어 온 인간의 이성이란 지극히 불완전하고 일면적인 것에 불과하였다. 이성적 인식을 넘어서 아득히 보이는 세계, 그것은 직관과 상징의 세계다.

이성적 인식은 경험을 기초로 하고 논리와 병행한다. 그러므로 합리주의적 사고방식에 있어서, 직관과 상징은 논리의 배정 아래서만 인식의 문제로 취급될 수밖에 없었던 것이다. 그러나 어찌 이성으로 모든 현상들을 해명할 수가 있을 것인가. 인류역사는 이성에 의해서가 아니라, 사회적 '신화'에 의해서 추진되어 왔다.

인간사회의 모든 행동은 객관적인 진리와 냉정한 판단력에 의해서 결정되는 것이 아니라, 여러 가지 복잡한 심상(心象)들에 의하여 결정된다. 이 심상들은 대부분이 이성과 무관한 증오와 반동에서 생기며, 강한 충동과 정감으로 가득 차 있으며, 또 가언적(可言的) 진리와는 아무 상관도 없고 오히려 허구를 포함하고 있다. 이러한 심상의 덩어리, 사회적 신화의 덩어리가 바로 상징인 것이다. 현실의 참된 개념은 평면적이고 추상적인 존재형식에 각인될 수 없고, 오히려 정신생활의 다양성 전체와 풍부함을 포함하고 있다. 이런 의미에서 어느 '상징형식'이나, 즉 언어에 있어서나 예술에 있어서나 종교에 있어서나, 모두가 다 내부로부터 외부로 향한 실체와 정신의 종합이 되며, 오직 이것만이 우리에게 양자의 종합을 확보하게 해준다.

사실상 현실세계 전체는, 오직 어떤 심적 영상을 통해서만, 즉 신화 내지 종교를 통해서든, 예술이나 언어를 통해서든, 혹은 과학적 개념을 통해서든, 하여튼 상징형식의 도움을 빌려서만 파악될 수 있다. 그러므로 예술작품이 궁극적으로 상징임은 두말할 것 없는 일이다. 예술은 인생과 세계의 의미를 담고, 그 의미를 깨닫게 해주며, 또 그러한 가운데 현실의 순수한 영상을 보여주는 것이다. 상징은 인식하는 자아와 인식당하는 외부 사이를 연결하는 뜻에서 우리에게 중요한 의미를 지닌다.

사실상 우리의 유한한 인식구조로서는 인식당하는 외부의 모든 실상들을 그대로 인식할 수는 없는 것이다. "그 여자는 정말로, 정말로 예쁩니다"라고 아무리 말해 보았자 그 여자의 실제적 미(美)는 전달이 되지 않는다. "그 여자는 달 같습니다"라고 한다면 조금 의미가 통한다. 그러나 어떻게 사람이 달이 될 수가 있을 것인가. 그러나 실제에 있어서는 달이 되지 못한다고 하더라도, '전달'의 입장에서 본다면 그 여자는 달이 되어야만 한다. 이것이 바로 상징이 인식하는 자아와 인식당하는 외부를 연결해 준다고 하는 좋은 예가 될 것이다. 그런 의미에서 볼 때, 플라톤이 그의 『국가』에서, 시인들은 이데아를 모방하는 것에 불과하지 이데아 자체를 그대로 드러내 보여주지 못하므로 마땅히 공화국에서 추방해야만 한다고 주장한 것은 그릇된 편견이었다. 이데아는 절대로 우리의 인식에 함입(含入)될 수 없는 것이다. 그것은 오히려 시인 같은 예술가에 의하여 상징적으로 변형되어야만 우리에게 지각될 수 있는 것이다.

사실상 우리가 확실히 인식하고 있다고 믿고 있는 것들도, 자세히 살펴보면, 단지 '상징적 범주'로서의 일부를 지각하고 있는 경우가 많다. '하늘이 파랗다'와 '산이 파랗다'는 실제적으로 색깔이 다르다. 그러나 우리는 자연스럽게 두 가지의 표현을 용인하고 있다. 바로 '파랗다'는 상징적 용어가 습관적으로 우리의 인식구조에 배어들었기 때문이다. 이렇게 본다면 모든 예술에 있어서의 '사실성(寫實性)'이란 무의미한 것이 될 수밖에 없다. 특히나 서구의 모든 예술, 특히 문학이나 연극에서 보이는 '리얼리티'의 문제는 참으로 모순적인 것이 된다. 사실상 리얼리티라든지 재현이라든지 하는 것은 예술상에 있어서 전혀 용납될 수도 없고 또 실현될 수도 없는 것이다. 예술의 원초적 기능이 상징에 있는 이상 그것은 예술의 본래 목적에 아주 위배되는 결과를 초래하고 만다. 또한 현실과 실재의 모든 실제적 양상을 몇 가지 고정된 예술적 양식의 범위 안에서 재현해 놓는다는 것은 불가능하다. 그리고 설사 그것을 그대로 재현해 놓을 수 있다 하더라도 그것은 예술의 가치 면에서 볼 때 어느 정도는 무의미할 수도 있는 것이다.

예술의 목적이 호기심의 충족과 그것에 의한 쾌락에 있다면, 그 호기심은 현실 배후에 있는 실재의 지평과 본체에 대한 것이기 때문일 것이다. 그러한 실재의 지평은 현실의 재현이나 어떤 고정적이고 현실적인 양식에 의하여 열리지 아니한다. 오로지 그것은 상징적 표현의 도움을 필요로 한다. 그런 의미에서 본다면 일본의 '노'에 있어서의 유현미가 갖고 있는 상징성은, 예술의 본래 의미와 현상과 실재의 의미를 바르게 파악한 뒤에 이루어진 결과라고 말할 수 있다.

3.

그렇다면 어째서 '노'에 있어서의 모든 상징적 표현들은 환상적이고 비현실적인 괴기적(怪奇的) 유현성을 띠게 되는 것일까? 일단 우리가 살고 있는 현상의 세계가 실체를 그대로 표출시켜 주지 않는 상징적 가언(假言)의 세계인 만큼, 현실적인 표현이나 몽환적인 세계로서가 아닌 구체적 세계의 표현으로도 충분히 상징적 표현이 가능한 것이 아닌가 하는 의문은 손쉽게 일어날 수 있다. 물론 '노'의 내용 전부가 괴기적이고 환상적인 것은 아니지만, 그래도 '노'의 진수(眞髓)가 비사실성에 있는 것이라면 아무래도 그러한 측면에서 '노'의 초점을 맞춰 가야 하기 때문이다.

이런 의문에 대한 해답으로는 상징의 일반론을 떠난 동양인의 의식구조 문제의 도입이 요청된다. 그 가운데서도 특히 윤회(輪廻)의 사상과 내세(來世)와 전세(前世)에 대한 민간신앙이 그 중핵(中核)이 된다. 서양인의 역사관과 동양인의 역사관은 근본적으로 서로 다르다. 서양인은 기독교의 교리에 입각한 직선적인 종말론적 역사관을 그 기본으로 하고 있는 데 비하여, 동양인은 윤회사상에 의한 순환적 역사관을 기본으로 하고 있다. 역사의 종말은 없는 것이며 또한 시작도 없다. 그것은 불교의 윤회사상뿐만 아니라, 유교나 도교의 기본 바탕이 되어 있는 『주역(周易)』의 '태극(太極)' 이론을 보아도 알 수가 있는 것이다. 태극은 무극(無極)이요, 시작도 끝도 없는 순환을 계속하고 있다.

서양의 역사관이 신에 의한 우주의 창조와 그 종말, 즉 시작과 끝을 인정하는 단정적인 것인 데 비하여, 동양인의 역사관, 우주관은 다분히 불가지론적이다. 이러한 순환적 우주관에는 불교의 연기사상(緣起思想)이 그 근본 원동력을 설명해 준다. 즉 모든 현실의 양상은 인연에 의하여 이루어졌다는 것이며, 현세(現世)는 전세(前世)의 인연의 결과요, 현세의 행동은 내세(來世)의 원인이 된다는 것이다. 그러므로 동양인의 사고에 있어 그 궁극적 관심은 내세와 전세에 돌려질 수밖에 없다.

또한 서구의 유일신교적 사상이 아니라 범신론적 사상에서 그런 우주관이 출현한 만큼, 현실의 배후에 있는 온갖 비현실적인 신격화되고 의인화된 '인연(因緣)'의 실마리를 주목하게 되는 것이다. 또한 그러한 순환적 · 윤회적 역사관으로 본다면 지금 우리가 살고 있는 시대나 환경은 어디까지나 찰나적인 것이요, 일시적 과정에 지나지 않는다. 그러므로 전체적 우주의 순환질서의 측면에서 바라본다면, 우리가 현실적인 안목에서 상식적인 진리라고 인정하는 것들은 지극히 불완전하고 순간적인 '덧없는 것'이 될 수밖에 없다. 그렇기 때문에 '노'에 있어서의 유현한 환상과 상상은 오히려 더욱 실제적이요 본질적인 것이 될 수 있는 것이다.

우리가 살고 있는 현실적 상황은 단순한 '과정적 경유(經由)'

일 뿐이지 순환궤도 전체는 아니다. 그런데 그러한 사실성에 어떻게 비중을 둘 수 있을 것인가? 그것은 하나의 일부일 뿐이지 전부일 수는 없기 때문이다. 이렇게 본다면 서구 연극이 갖고 있는 한계성은 어느 정도 드러난다. 그들은 과정적으로 계속 변모해 가는 유동적 실체를 포착하지 못하고 그것의 변형된 일부만을 단지 포착했을 뿐이었다.

그런데 여기서 더욱 중요한 사실이 한 가지 더 발견된다. '노'에 있어서의 순환적·윤회적인 우주관은 곧 상징의 속성과 밀접하게 결부되어 있다는 사실이다. 상징 자체가 순환적인 속성을 가지고 있다. 그러한 순환성은 종교적 신앙이나 인과론과는 무관하게 스스로 내재한다. 이러한 상징의 기본 성격과 동양인의 우주관에 의한 순환적 역사관의 교묘한 조화가, 바로 '노'에 있어서의 상징적 효과를 더욱 고차적인 것으로 이끌어 올린 계기가 되었다고 볼 수 있다. 상징은 어떤 정형화된 기성물(旣成物)이 아니다. 그것은 쉴 새 없이 현실세계와 교섭하고 그것을 이해하려고 애쓰는 무의식적 활동인 것이다.

애초에 상징의 출발이 인간의 '집단무의식'에서 시작된 만큼 그것은 끊임없이 변화하고 유동하는 것을 전제로 한다. 우리는 그러한 유동적 상징체들 가운데서 하나를 붙잡아 하나의 철학적 사고를 위한 계시적인 '충격의 계기'를 받아들이는 것에 불과하다. 우리는 그런 상징체들을 통하여 우리의 현상학적 인식을 초월적·본체적(本體的) 인식으로 변모시킴에 있어 우리의 사고구조가 다음 그림과 같은 순환과정 위를 맴돌고 있다는 것을 알아야 한다.

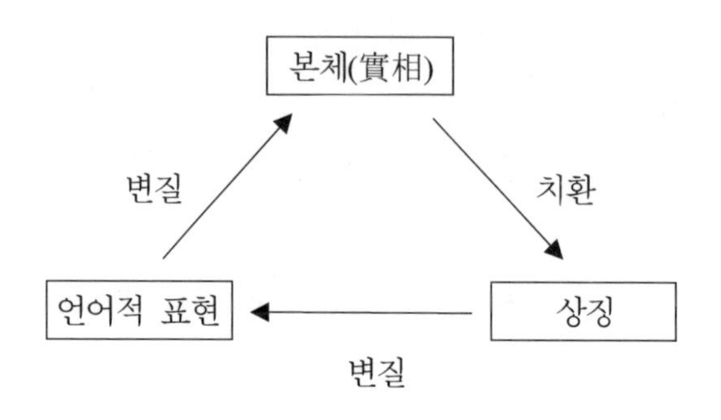

상징은 본체로부터 치환되어 우리의 의식 내부의 가장 밑바닥 심층에 자리 잡고 있으며, 그것은 다시 언어적 표현(그것은 사실상 우리의 현상적 인식을 결정하는 유일한 통로요, 또 본체적 지각을 흐리게 하기도 하는 요소다)으로 변질되어 그것이 우리의 의식 내부로부터 외계의 인식과정을 거쳐 본체라고 지각되고 그것은 다시 상징으로 치환된다. 결국 우리의 인식과정은 끝없는 변질의 경로를 통과하고 있는 셈이다. 모든 상징의 각 측면이 갖고 있는 암호성의 문제는 이러한 삼각형의 궤도 안을 돌고 있는 순환적인 전이과정으로서 이해되어야 한다. 즉, '과정적 경유'의 측면이다.

이러한 순환궤도의 무한한 변모과정 속에서부터 우리는 어떠한 고정된 상징체의 일부를 붙잡아 파악하게 되는 것이니, 그것이 한낱 유전(流轉)하는 본체로서의 일부이며, 무휴(無休)의 운동을 계속하고 있는 과정 속의 한 일우(一隅)에 지나지 않는다는 것을 알 때에, 비로소 우리는 상징의 본질을 이해할 수 있는 것이다. 그런 뜻에서 볼 때 이러한 상징의 순환적 속성과 동양의 윤회설에 바탕한 순환적 역사관이 묘하게 접합되는 것을 느낄 수가 있다.

'노'에 있어서 주로 환상적 내용의 내세와 귀신이 소재로 등장한다는 것은, 이러한 순환적 우주관과 그것을 계시하는 상징의 순환궤도를 실험적으로 잘 파악하여 이루어진 결과라고 볼 수 있을 것이다. 상징을 불가해(不可解)의 실상(實相)을 향한 '근원적 암시'라고 볼 때, 그것을 최대로 활용하는 길은 이러한 접합에 의하지 않고서는 이루어질 수 없다는 것을 우리는 알 수 있다.

'노'의 이러한 유현한 상징성이 가장 단적으로 표현되는 것은 '더블 노(Double No)'에서 등장하는 '아토시테'를 보면 알게 된다.[3] 그들은 현실의 모든 비밀과 숙제를 현실로서 못 박아 고정시키는 것이 아니라 내세적 보상으로 해결하려고 하며, 관객에게 신비적이고도 비현실적인 체험을 불러일으켜 현실을 뛰어넘는 대자연과 우주의 범신적 역할을 지각하게 한다.

4.

'노'의 상징적 측면을 다룸에 있어, '상상력'의 문제를 빠뜨릴 수 없다. 상징이 근원적 본체를 암시하고 계시하는 기능을 갖는

3) 아토시테는 '노'의 주인공인 시테가 원한이 맺혀 죽은 다음, 원귀가 되어 다시 등장하는 것을 말한다. '노'의 몽환적 요소가 강할 때, 흔히 아토시테가 등장한다. 이렇게 주인공이 죽은 다음 다시 귀신이 되어 등장하는 것을 '더블 노(Double No)'라고 한다.

것은, 바로 상징의 성격에 상상력이 개입하여 동반되기 때문이다. '노'에 있어 유현미로 표출된 상징성이 관객에게 연역적으로 주입되어 더욱 풍부한 의미와 영감을 얻게 하고 다양한 감흥을 자아내게 하는 것은, 상상력을 인간이 의식의 원천으로 보유하고 있기 때문인 것이다.

인간의 창조란 순전히 상상의 작품이며, 상상에 의해서만 인간의 참된 본질이 표현될 수 있다. 상징이 기호의 단계를 뛰어넘어 그것에 어떤 대상으로서의 확대된 '의미'가 부가되는 것은 바로 우리 인간이 갖고 있는 상상력 때문이다. 따라서 상상력이란 '의미'를 상징에 주입하게 되는 원초적 모티브가 되는 것이다.

'노'에 있어서 비사실적(非寫實的)이고 몽환적인 무대의 분위기가 철학적 의미와 영원을 향한 계시의 능력을 갖게 되는 것은, 상상력이 관객의 마음속에서 작동하여 '노'의 예술적 표현과 만나기 때문이다. 만일 상상력의 작용이 없다면, '노'의 내용과 형식은 한낱 괴이성과 신비한 주술에 머물고 말 것이다.

이와 같이 상징은 단지 표출된 기호의 단계에 머물러서는 그 연역적인 의미부여의 기능을 다할 수가 없다. 그것은 기호 자체로서 사멸되어 버리고 만다. 그러한 속성으로부터 온갖 창조적 의미가 탄생되어, 우리로 하여금 마치 창조적 기능이 원래부터 있었던 것처럼 생각하게 만들어, 대상에 접근하기 위해서든 혹은 대상을 뛰어넘기 위해서든, 그 직접적인 도구로서 상징을 필수적으로 필요로 하게 만든다.

여기에서 우리는 '노'의 연극적 효과가 갖고 있는 '상징', '의미', 그리고 '상상력'의 세 가지가 갖는 상호작용의 긴밀한 관계를 추리해 낼 수 있다. 이 가운데서도 상상력의 역할이야말로 가장 중요하다. 상상력에 의해서 관객은 연극을 연극 그 자체에 머물러 있지 않게 하여, 스스로의 창조적 의미성을 재구성해 나가기 때문이다. 그러므로 '노'가 갖고 있는 비사실적(非寫實的)이고 비현실적인 특성은 상상력의 원활한 활동을 위한 자극제라고 보아도 좋다. 비단 '노'에서 뿐만 아니라 동양 연극의 전반에서 보여주는 여러 가지 형식상의 '관례'들은, 관객의 상상력을 창의적으로 유도해 내기 위한 것이라고 할 수 있다.

서구의 연극은 현실을 현실 그대로 모방하여 재현하고, 상세한 배우의 동작까지도 충실히 사실성(寫實性)을 유지하려고 애쓴다. 얼핏 보기에 그들의 연극은 관객의 정서를 포섭하여 동화된 감동을 줄 수 있을 것같이 보이지만, 사실은 그런 제한된 연극의 상황을 보임으로써 관객의 상상력을 '차단'하고 있는 것이다. '노'는 무대배경으로 단순한 소나무 그림 하나만을 쓰지만, 그것은 관객의 마음속에서 무수히 많은 심상으로 '상상적' 과정을 거쳐 변화된다. 이것은 서양 연극의 정밀한 사실적 무대보다도 더 큰 상상적 효과를 지니고 있는 것이다. 그것은 중국의 경극에 있어서도 마찬가지다. 또 '노'의 웃는지 우는지 모를 가면의 효과도 완전히 관객의 상상력에 의존하는 것이다.

얼굴을 세밀하게 분장하여 미묘한 성격의 세분된 표현을 기도하기보다는 전형화된 몇 가지 과장된 패턴의 가면이 더 관객에게 호소력이 있다. 그 점에 '노'의 매력이 있다.

그러나 상상력은 다시금 두 가지 측면에서 재고되지 않으면 안 된다. 상상력은 한마디로 말해서 '무의식의 세계를 지향하는 자연발생적 작용'이기 때문에, 흔히 '백일몽'으로 오도(誤導)될 우려가 있다. 이제껏 상상력은 연극에 있어서나 다른 예술 장르에 있어서나 쾌락주의적인 유미주의를 변호할 수 있는 허울 좋은 수단이 되어 왔다. 그 원인은 상상과 망상, 즉 백일몽을 혼동하는 데서 비롯되었다. 그들은 단지 백일몽에 불과한 것을, 즉 망상에 불과한 것을 상상력인 양 착각하고 있었던 것이다. 그러므로 여기서 우리는 이제껏 밝혀 온 상상력의 의미를 다시금 '창조적 상상력'이라는 이름으로 부를 수 있을 것이다. 창조적 상상력은 인간이 갖고 있는 가장 큰 정신적 재산이다. 그것은 인간들로 하여금 상상하는 모든 모습과 계획들을 우주의 대생명력의 질서에 의해 실제로 응답하게 만드는 역할을 한다. 그렇기 때문에 예수는 민중들에게, "가졌다고 믿으라. 그러면 그대로 받으리라"고 말했던 것이다. 그것은 바라는 것의 선명한 이미지를 마음속에 만들고, 그리고 그것을 지금 가지고 있다는 느낌을 가지라는 의미다.

우리가 마음속 느낌, 가지고 있다는 것의 확신을 유지할 때에는 창조를 맡은 자연의 보편적 질서 내지는 우주적 정신이 그 욕망을 달성으로 인도하는 데 필요한 모든 일에 착수하는 것이다. 상상력을 거쳐서 우리의 모든 희망이나 욕구는 비로소 채워진다. 상상력이 갖고 있는 참된 의미는 우리로 하여금 행동하는 것에 앞서 사고하는 상태, 그것이 곧 행동과 마찬가지로 실천적이고 영향력 있는 위력을 갖고 있다는 신념을 갖게 만들어주는 것이다. 그러므로 '노'에 있어서 우리가 주목해야 할 것은 그것이 유발하고 있는 상상력이 창조적 상상력이라는 점이다. '노'를 단순히 고답적이고 제의적인 망상적 연극 형태로 보아서는 안 된다.

망상적인 것에서는 철학적이고 우주적인 진리가 상징적으로 암시될 수 없다. 단지 그것은 피상적 기호 자체에 머물고 만다. 그러나 '노'의 분방한 상상력 구사에는 다분히 명상적이고 철학적인 인간실존의 의미가 내포되어 있는 것이다. '노'에는 수천 년 동안 면면히 흘러내려온 동양인 특유의 달관된 자유관과 인생관, 그리고 영혼관이 담겨 있으며 그것을 일종의 생활철학으로 유도해 내고 있다. 이 점이 바로 '노'가 현란하고 환상적인 상상적 유현미를 '창조적 상상력'의 차원으로 이끌어 올리는 것이다.

아리스토텔레스의 '카타르시스'는 작위적으로 관객을 감정이입시켜서 그 효과를 기도하는 것이지만, '노'에 있어서는 그러한 카타르시스가 연극 장면 하나만을 위하여 따로 작동하는 것이 아니다. 연극 이전부터 연극배우와 관객 상호간에 본질적으로 갖고 내려온 전통적 생활철학을 다시 한 번 '노'를 통하여 '재확인'하는 것이다. 그러므로 그것은 무작위의 철학, 도교의 무위사상, 불교의 허무주의와도 연결되어 동양 민족 특유의 생활 패턴으로 고정화된다.

'노'의 예술성은 바로 이러한 '창조적 상상력'을 인간 정신의 가장 숭고한 부분으로 인지하여, 연극예술을 좀더 고차원적인 보편적 공감대를 가진 대중예술로서 발전시키려고 노력한 결과물이라고 볼 수 있다. 그리하여 애초엔 다분히 귀족적 · 제의적 형태로 출발한 '노'가 결국은 다른 일본 극 형태들의 정신적 지주가 된 것이다. 그것은 바로 '노'가 스스로 본체적 지각을 향한 상징의 문을 열고 있으며, 그러한 상징을 통한 관객의 상상력은 항상 본질적인 근원문제에 대하여 자유로운 관심의 여유를 갖게 되기 때문이다. 인간의 궁극적 관심에 대응하는 근원적 진리들은 항상 인간의 분석적 판단보다는 선험적인 직관의 문을 통해서만 우리에게 인식되며, 그러한 직관은 또한 상징의 상상적 양식에 의하여 우리에게 지각되는 것이다.

[1979]

[부 록]

[희곡] **양반굿**

[희곡] **노천카페**

[시극] **서기 2200년**

[희곡]

양반굿

각본 : 마광수

기획 : 권오훈

연출 : 박성현

지도교수 : 마광수

공연 : 홍익대학교 홍익극연구회(1981)

[등장인물]

양반

양반 부인

삼촌

진사

동네사람들(갑, 을, 병, 정)

도서방

심순네(도서방 부인)

뚤뚤이(받이)

강능댁

사자(獅子)

잽이

(막이 열린다.)

[노래] <어야디야> (*은 후렴)
[노래 시작]
어야디야 어야디야 어이야 디야라 하하하 어이야 디야라 하하하
어헤헤헤이 어허허허 어허허허 어야디야 어야디야

1. 달은 밝고 명랑한데 *어야디야
   모두 모여 놀다가세 *어야디야
   *어이야 디야라 하하하 어이야 디야라 하하하
   에헤헤헤이 어허허허 어허허허 어야디야 어야디야
2. 가마니를 깔아놓고
   장작불도 지피우자
3. 긴 영산을 출라느냐
   도드리를 추어볼까
4. 인제 가면 언제 오나
   가기 전에 놀아보자

[노래 끝]

※ 들어가는 마당 ※

(북소리 울리면 막이 오르고 등장인물이 모두 <각설이 타령>을 하면서 등장한다. 그 다음에 탈춤을 한판 춘다.)

[노래] <각설이 타령>
[노래 시작]
얼씨구 들어간다

절씨구 들어간다
우리네 부모가 날 길러
곱게나 곱게 길러서
물려나 줄 게 없어서
장타령을 물려나 줬나
무시기 타령이 들어간다
취타령이 들어간다
올라나 간다 올랑바지 내려나 간다 내령바지
굴러간다 굴렁바지 저 건너 다리바지
아이 바진 개구녕 바지 계집애 바진 통바지
진짜 바지는 아바지로구나
품베나 어리구두 잘한다
[노래 끝]

[잽이] (북을 크게 친 다음) 어— 쉬—, 어허이 좋다. 아닌 밤중에 웬 사람이 많이도 모였구나.
[뚤뚤이] 아니 영감은 뉘시오? 못 보던 영감인데 어디서 갑자기 뛰어나오셨소?
[잽이] 날더러 웬 영감이 뛰어나왔느냐고?
[뚤뚤이] 그래 웬 영감이 남의 놀음터에서 난가히 떠드시오?
[잽이] 날더러 웬 영감이 난가히 떠드냐구? 내가 웬 영감이 아니라 허 허 알고 보면 신기로운 영감일세 그려. 아마 알고 나면 놀라 자빠질 걸.
[모두들] 놀라 자빠진다네!
[잽이] 그런데 도대체 여기가 어디요?

[뚤뚤이] 허— 영감 지금 자기가 앉아 있는 곳이 어딘 줄도 모르다니… 어떻게 머리가 돈 거 아냐? 진짜 신기로운 영감이로군.

[잽이] 아, 이거 늙은이라고 업신여기지 말게. 실은 내가 어둠 속을 정처 없이 걷고 있노라니까 어디서 덩더쿵 소리가 나고 젊은이들 재깔거리는 소리가 나길래 내 반가워 뛰어나왔지. 그런데 여기가 어디요?

[모두들] 남산이요.

[잽이] 남산?

[모두들] 그렇소. 남산하고도 숭의음악당이요.

[잽이] 어 그래, 그런데 젊은이들은 누구요? 보아하니 대학생들 같구만서두.

[뚤뚤이] 우리가 누군가 하면 홍익극연구회 놀음패요.

[잽이] 그래? 거 참 반갑네. 홍익극연구회 놀음패라니 반갑고도 반갑네.

[모두들] 반갑소?

[잽이] 반갑지.

[뚤뚤이] 아니 왜 반갑소?

[잽이] 응— 내 나이를 알아맞히면 왜 반가운지 이야기를 하여 주지.

[모두들] 나이를 맞히라네!

[뚤뚤이] 거 참 싱거운 영감 다 보겠네. 가만 있자. 이마에 주름살이 스무 개, 양 볼에 주름이 스무 개니, 도합 60개에다가 턱밑에 주름까지 합하면 아마 일흔 살은 족히 됐을 걸?

[잽이] 아니 틀려.

[뚤뚤이] 그럼 열을 더해 여든?

[잽이] 그도 틀려.

[뚤뚤이] 에라, 그럼 기껏해야 아흔?

[잽이] 그것두 틀리지.

[뚤뚤이] 에이 여보슈, 아무리 늙었어두 백살이야 넘었을라구?

[잽이] 어림도 없지.

[뚤뚤이] 영감 그럼 대체 몇 살이유? 가르쳐주슈.

[잽이] 이백하구두 두 살 반이라네.

[모두들] 이백하구두 두 살 반이라네!

[뚤뚤이] 아니 스물두 살 반이 아니구?

[잽이] 떼끼 이놈!

[뚤뚤이] 그런데 영감 두 살이면 두 살이구 세 살이면 세 살이지 그 반 살은 웬 거요?

[잽이] 거 모르네. 윤달이 껴서 그러네. 그런데 어디 보자. 이게 무슨 놀음인고? 대체 너희들 노는 놀음이 무슨 놀음이냐?

[뚤뚤이] 아니 영감, 이백 두 살 반이나 먹었으면서 그것도 몰라?

[잽이] 아 모르지 않구.

[뚤뚤이] 정말 몰라?

[잽이] 아 그 녀석 늙은이 숨넘어가겄다.

[뚤뚤이] 우리들 노는 놀이가 무슨 놀인가 하면…

[잽이] 무슨 놀인가 하면?

[뚤뚤이] 그건 가르쳐줄 수가 없다네.

[잽이] 무슨 놀인가 하면?
[뚤뚤이] 어쨌든 가르쳐줄 수가 없다네.
[잽이] 왜 못 가르쳐주나?
[모두들] 비밀이라네.
[잽이] (창조로) 그렇다면 에라 어디 한번 다시 보자. 땅바닥에는 가마니가 깔리우고 가운데는 장작불을 지피우고 훠–어이–가만 있자. 가설라무네, 집은 새로 짓고 사람도 새 사람들인데 아까 들어올 때 하늘을 올려다보니 하늘만은 그 하늘 그 별이 떠 있었고… 아하, 이제 생각나네. 내 옛날에 이곳에 모여서 양반굿을 본 기억이 있네. 니놈들이 바로 시대를 가로지르고 역사를 거슬러 올라가는 그 양반굿을 하는 패거리들이 아니냐?
[모두들] 맞았소. 그런데 그걸 어찌 알았소?
[잽이] 내 소싯적에 바로 이곳에서 양반굿을 많이 보아왔다. 그런데 그때 놈들이 시방 니놈들은 아닐 테고… 헌데 그때 놀음은 여지껏 그 놀음이냐? 그렇다면 볼 것도 없다. 나 갈란다.
[모두들] 갈란다네. (웅성웅성)
[뚤뚤이] 여보 영감.
[잽이] 왜 불러?
[뚤뚤이] 우린 좀 달리 놀걸?
[잽이] 어찌 달리 노나?
[모두들] 우리는 와장창 놀지. (봉산탈춤을 추며) 이 소리 아나?
[잽이][뚤뚤이] 유리창 깨지는 소리지.
[잽이] 유리창이 깨지다니?
[모두들] 돌을 던지니깐 깨지지.

[잽이] 돌은 왜 던지나?

[뚤뚤이] 어허, 거 영감 무던히도 알려고 드네. 다 그런 게 그런 거구 저런 게 저런 거지.

[잽이] 거지?

[모두들] 거지! 바로 그 거지.

[잽이] (창조로) 거지 거지 무슨 거지 빌어먹는 거렁뱅이 거지, 떠돌아다니는 떨거지, 모여 있는 떼거지, 국 끓이는 우거지, 억지로 하는 건 어거지, 다 그런 게 그런 거지… 그 중에 무슨 거지냐?

[뚤뚤이] 빌어먹는 거지라네.

[뚤뚤이] 쉬이— 자 이제부터 한판 놀게 뭐 줄라우?

[잽이] 주지.

[뚤뚤이] 술 있소?

[잽이] 술 있지.

[뚤뚤이] 돈 있소?

[잽이] 돈 있지.

[뚤뚤이] 떡 있소?

[잽이] 떡 있지.

[뚤뚤이] 국 있소?

[잽이] 국 있지.

(뚤뚤이 돌아서서 일동에게 수군거리다가)

[뚤뚤이] 쉬이 그런 거 말고 좀 특별난 것도 있소?

[잽이] 없는 것 빼놓고 다 있네.

[뚤뚤이] 그럼, 진리, 용기, 사랑, 우정 그런 것도 있소?

[잽이] 가만 가만 그런 건 내 없는데… (사이) 가만 있자. 여기 모인 사람들이 그런 걸 가진 것도 같네. 여보슈 구경꾼들, 진리, 용기, 사랑, 우정 그런 거 가진 거 있소 없소? (사이) 하, 있다네. 자네들 잘만 놀아준다면 내 여기 있는 사람들한테서 걷어서라도 주지.

[모두들] 걷어서라도 준다네!

[뚤뚤이] 그럼 한판 놀아볼까? 훠－이－ 쉬－이－

[모두들] 그러세.

[잽이] (장구를 친다.)

[뚤뚤이] 그럼 타령으로 우선 한판 덩덩 덩더쿵…

[모두들] 덩덩 덩더쿵…

(<경복궁 타령>을 부른다.)

[노래] <경복궁 타령>

[노래 시작]

1. 에－ 남문을 열고 파루를 치니 계명산천이 밝아온다
   *에－에헤헤－ 얼럴럴 거리고 방아로다
2. 에－ 눈을 뜨고 세상을 보니 양반놀음이 시작된다
3. 에－ 술도 있고 떡도 있으니 한판 신나게 놀아보자

[노래 끝]

(서서히 조명이 F.O.되며, 다시 F.I.가 된다. 무대 위에 뚤뚤이와 강능댁이 꼭 붙어서 무엇인지 좋은 일이 있는 듯 웃어대며 수군거리고 있다.)

[뚤뚤이] 알았지? 그러니까 그 양반에게 가서 잘 구슬려 보라구.
[강능댁] 알았어요, 알았어. 염려 붙들어 매시구려. 내 걱정은 말고 뚤뚤이 당신이나 잘해요, 도서방한테 가서. 그래도 그놈이 겉보기보다는 음흉한 놈이요.
[뚤뚤이] 그걸 누가 모르나? 하여튼 우리가 거간꾼 노릇을 잘해야 원님 덕에 나팔 불고 신나게 한판 먹어댈 게 아냐? 자, 그럼 가세.
(<가자 타령>을 한다.)

[노래] <가자 타령>
[노래 시작]
가자– 가자 가자 어서 가자 어서 가자
도서방네 양반님네 제아무리 똑똑하여도
우리 거간꾼 노릇에다가 어떻게 비할 수가 있을소냐
얼씨구나 좋구나 지화자 좋구나 어서 가자 어서 가자
[노래 끝]

[뚤뚤이] 그럼 어서 그쪽으로 가보라구, 어서.
[강능댁] 네 네, 알았어요.

(강능댁은 왼쪽으로 퇴장하고 뚤뚤이는 오른쪽으로 퇴장하며 F.O.)

※ 첫째 마당(양반 마당) ※

(<양반 타령>을 한다. 장구소리 작아지면서 애간장을 끊는 듯한 젓대소리가 나며 양반과 부인이 앉아 있다.)

[부인] 애고 아이고 아이고… (계속해서 곡을 한다.)

[양반] 거 누가 장사지내 북망산천 가나, 곡은 웬 곡인고?

[부인] 곡? 곡식은 무슨 곡식 쌀커녕 옥수수 가루 한줌까지 다 털어간 당신이…

[양반] 곡식이 아니라 왜 울고불고 야단이냐 하였소.

[부인] (창조로) 잘 되었소, 잘 되고도 잘 되었소. 영감꼴이 잘 되었소. 정주 탐관은 어디다 두고 개가죽 감투가 웬 말이요. (사설조로) 내 영감, 영감 장사 지낼라 하오.

[양반] 장사는 무슨 장사, 내 이렇게 멀쩡히 살아 있는데… 내 주색에 무능이 곁들어 가산 탕진했지만…

[부인] 몸은 살아 무엇하오. 그 주제에 바로 그 위세 좋은 양반 판다 하지 않았소? (창조로) 잘 되고도 잘 되었소. 청사 도포는 어디다 두고 광목 장삼이 웬 말이오!

[양반] 그도 다 돈 없고, 힘 없는 탓이오.

[부인] 여보 영감 젊어 소싯적에는 어여쁘고 어여쁘던 그 얼굴이, 부엉이가 마빡을 때렸나 웬 털이 그리 수북하오?

[양반] 여여 이것 봐, 양반이란 위엄지세가 우긋해야 오복이 두두리한 것인데, 내 그동안 여난지복이라 여복, 술복이 터져 그리 되었소.

[부인] 오복, 육복이라 하시오.
[양반] 육복, 칠복은 어떻고…
[부인] 칠복보다 팔복, 곰배 팔복이라 하시우!
[양반] 아! 이 마누라가 처음에 아이고 아이고 곡소리로 제끼더니 이젠 타령하러 나왔나? 자네도 젊어 소싯적에 어여쁘고 어여쁘던 얼굴이 율묵이가 마빡을 때렸나 우툴두툴하고 땜쟁이 발등 같고 보리턱은 상놈 같고 삐그러지고 찌그러시고 왜 그렇게 못생겼나?
[부인] 영감! 그런 말 마시우. 영감 따라 평생을 살다 보니 먹을 것 입을 것 없어서 매일 도토리밥만 먹었더니 얼굴이 요렇게 됐다우! 나 또 곡할라우. 애고 애고– 아이구– 아이구–
(계속 곡한다.)
[양반] 그 또 시작이구려! 에이–

(그때 양쪽에서 진사와 삼촌, 양반춤으로 느리게 등장한다.)

[삼촌] 우리 집안에는 누구 죽었다는 소식 들은 적 없는데 조카며느리 왜 대성통곡이요?
[양반] (울음을 그치려는 듯) 쉬이– (진사와 삼촌 두 사람 가운데 끼어든다.)
[부인] (곡을 그치며) 어으이 삼촌 어른님, 진사 어른님, 잘 오시고 잘 오셨소. 내 말 좀 들어보오. 글쎄 우리 양반, 양반자리 내놓게 생기셨소.
[삼촌] 양반자리를 내놓다니?

[부인] 그걸 판다나요!

[삼촌] 팔아?

[진사] 떼끼 이 사람아!

[양반] 내 어찌어찌하다 그리 되었소. 삼촌, 진사 어른 뵐 면목이 없구려!

[부인] 목은 무슨 목, 자라등에 감춘 목, 양반 엉덩이에 아랫목, 목타령 그만하고 이제 어찌 할라우?

[양반] 어찌하다니? 내 그 길밖에 없다 하지 않았소.

[진사] 그리 싸움만 할 게 아니라 무슨 대책이 있어야 할 게 아니오.

[부인] 책이오? 아이구 그놈의 책 때문에 허구헌날 책장 넘기다 이꼴이 되었는데 책은 무슨 책이오?

[삼촌] 하, 이 어른 답답하기는 속수무책이네. 그런 책이 아니라 무슨 방도를 꾸며야 한단 말이오.

[부인] 네, 그런데 대체 어찌 방편하였으면 하오?

[양반] 방편은 무슨 방편, 그런 것 없소.

[삼촌] 그거 조카 배짱 한번 두둑하네 그려.

[양반] 가진 게 없으니 배짱이라도 두둑할 수밖에.

[진사] 그러나 저러나 양반을 팔겠다니 그 어디 될 법이나 하오? 조상이 부끄럽네, 부끄러워.

[삼촌] 우리 집안에 양반 팔아 산 사람 없네. 큰일일세, 큰일이야.

[진사] 자초지종을 얘기하게. 어떻게 되었나?

[양반] ……

[삼촌] 자, 조카 말하게.
[양반] (마지못해) 정력 좋아 여자복에… (춤) 여복, 주복(酒福) 터졌는데… 이러다 보니… 내 관아에서 쌀 삼천 석을 빌어다 건넛마을 기생들에게 다 바쳤는데, 아— 이제 곧 관아에…
[부인] 암행어사가 한양서 내려와 창고 장부를 감사한다는 소문이 군수로부터 왔는데 영감이 곡식이며 재물을 언제 갚을 거냐고 다그치는 거예요. 그런데 가진 거라고는 (걸친 옷을 들먹이며) 이 옷뿐이라오.
[진사] 에이 쯧쯧 몹쓸 사람.
[삼촌] 어찌하다 그리 됐단 말인가?
[부인] 누가 아니래요? 그래 내가 곡을 하고 있었소. (계속 운다.) 아이구— 아이구—
[진사] 여개 그치게.
[삼촌] ……
[양반] 내가 그래도 어찌 지금까지 양반인데 우리에게 있는 것이 (옷을 들먹이며) 이 옷뿐이란 말이냐?
[부인] 있기는 또 있지요.
[삼촌][진사] 뭐가 또 있나?
[부인] (창) 부엌으로 들어가서 부러진 소반, 깨진 바가지, 뒤곁으로 돌아가서 깨진 항아리, 부러진 부젓가리, 방문 열고 들어가서 비루먹은 강아지 같은 자식새끼, 마당가로 내려가서 빈 가마니 세 장, 늙은 호박 두 개, 떨어진 짚세기 두 켤레, 썩은 감자 두 되…
[양반] 에이 이년아… 마누라야. 그래 가지고 무슨 빚을 갚는다

는 말이냐? 집어쳐라!
[부인] 영감, 욕은 왜 욕이요. 아이고 아이고 아이고…

(계속 곡을 하고 들어가는데 무대 뒤에서 쫑긋 강능댁 춤추며 나온다.)

[강능댁] 아 쉬이— 쉬이— 예에— 아 (창) 순두부백반인지, 허리 꺾어 절반인지, 개다리소반인지, 꾸레미 전에 백반인지, 반은 반인데 무슨 반이냐?
[부인] 삼촌 어른… 저게 바로 양반자리 팔라는 강능댁이라는 작부라오. 이런 쌍것이 어딜 함부로 대낮부터 양반님네들 있는 곳에서 수다냐, 비천한 계집년이… 그리고 뭐 양반자리를 팔아? 이 주리를 틀어 죽일 년아.
[강능댁] 거 왜 그러십니까?
[삼촌] 너 방금 뭐라고 했나?
[강능댁] 아, 이 양반 어찌 듣소? 아, 이 양반네들 어찌 듣는지나 정말 모르겠네. 양반님네들 안녕하시냐 하였소.
[양반] 안녕치 못하시네.
[삼촌] 니가 바로 내 조카에게 양반자리를 상놈에게 넘기라던 작부로구나. 이년…
(북소리)
(삼촌과 진사, 양반춤으로 느릿느릿 강능댁에게 달려드는데 부인도 따라서 곡소리하며 같이 달려든다.)
[부인] 아이고 아이고.

[강능댁] 이거 이러지 마세요. 양반 체면을 생각하셔야 하는데요. 저도 좀 도와드리려고 온 것인데…

(삼촌, 진사, 부인, 합세해서 양반춤으로 담뱃대와 부채로 강능댁을 때리며 달려든다. 강능댁이 요리조리 피하여 도망하며 결국 그들이 지쳐 무대에서 쓰러져 기어 나가게 하고는 양반에게 다가간다.)

[양반] 그래 어떻게 되었나?
[강능댁] 제가 입수한 정보로는 그 암행어사가 금방 코앞에 당도하였다는 정보로소이다.
[양반] 코앞에? 없는데?
[강능댁] 아, 엎드리면 코 닿을 데 와 있다 이런 말씀이에요.
[양반] 그럼 나는 어떡하나. 좀 봐주게.
[강능댁] 그런데 이번 감사에는 여느 때 어사하고는 아주 다르다는구만입쇼. 항상 믿을 만한 권위 있는 소식통에 의하면, 이번 감사를 나오는 어른은 키가 팔척장신인데다가 두 눈이 등잔불 같고 두 귀가 당나귀 같아, 안 보는 게 없고 못 듣는 게 없는 사람이랍니다. 어떤 고을에서는 사또가 제 생일날 관청 곡식을 한 가마 꺼내서 떡을 해먹은 게 드러났는데, 아 글쎄 이 어사나리께서 그걸 알고 불문곡직 그 사또를 한 손으로 번쩍 들어 무슨 종이짝 내던지듯 휙 집어 내던졌다지 뭡니까? (하며 강능댁은 양반을 깜짝 놀라게 움켜쥐어 던지는 시늉을 한다.) 그래서 그만 사또나리는 그 먹었던 떡이 채 소화도 되기 전에 그냥 멀리

멀리… (손짓)

[양반] (그쪽을 쳐다보며 부들부들 떤다.)

[강능댁] (힐끗 쳐다보고는) 그뿐 아니라…

[양반] 어이구 그만하게 그만. 목 타들어가네… 여보게 좀 살려주게 살려줘, 응?

[강능댁] 그러게 내 양반자리를 팔라지 않습디까?

[양반] 그래 살 작자는 나섰나? 그게 누군가? 응? 나 숨 넘어가네…

[강능댁] 나리– 이리루 귀좀…

(강능댁 양반 귀에 대고 무어라고 쑥덕쑥덕하는데, 이때 덩더덩더쿵 장구로 장단)

[양반] 그래?

[강능댁] 아무렴 입쇼.

[양반] 그리해서…

(강능댁 귀에다 소곤소곤)

[강능댁] 어떠슈?

[양반] (펄쩍 뛰며) 뭐 그놈이, 그 도서방 그 백정 출신 놈이… 내 그 그 그놈을 당장…

[강능댁] 쉬이– 역정 내시면 난 갈라요, 칫.

[양반] (다시 시무룩해서) 아니네, 내… 내 팔기로 함세.

[강능댁] 잘 생각하셨습니다요. 팔면 되지 가리기는…

[양반] 그래, 그 삼천 석은 주겠다든가?

[강능댁] 아니, 내 뉘 앞이라고 거짓말을 합니까요.

[양반] 자네가 그렇게 나를 생각해 주니 얼마나 고마운지 모르

겠다네.

[강능댁] 고마우시면 그 대가를 주셔야지요.

[양반] 내가 근데 뭐… 자네도 알다시피 뭐 가진 게 있나?

[강능댁] 그러니까 지금 달라는 게 아니라 흥정이 끝나고 계산이 끝난 후에는 동네사람을 모아놓고 그냥— 한판 딱 벌어지게 내셔야 한다는 말입니다.

[양반] 그래, 그건 내 좋으이. 내 그 양반 상놈 이취임식장을 진수성찬으로 낼 것을 약속하이.

[강능댁] 좋구만요. (장단)

[양반] 근데 인제 걱정도 풀렸고 하니 우리 마지막으로 양반춤이나 한판 춤세.

(덩더 덩더쿵 북소리 나는데)

[강능댁] 하앗 쉬— 쉬이— 훠이— 좋구나—

[양반] (양반춤 추며 <태평가>를 부른 후) 자고로 양반이라 함은 동서고금을 통하야 가장 귀한 것으로서 즉 독서가 많은 자는 선비라 일컬었고 관도에 오른 자는 대부라 일컬었으며 덕이 있는 자는 군자라 하나니— 과거를 치러 무과에 오른 자는 서반이요, 문과에 오른 자는 동반이라, 이것을 합해서 양반이라. 허이하 좋구나 좋다—

[강능댁] (빈정대듯) 덩더 덩더쿵.

(둘이 엉켜 춤을 추며 돌아가는 이것이 첫 마당의 마지막이라. 조명 천천히 F.O.)

[노래] <태평가>

[노래 시작]

1. 짜증을 내어서 무엇하나 성화는 내어서 무엇하나
   인생 일장춘몽인데 아니나 노지는 못하리라
   * 니나노 닐리리야 닐리리야 니나노 얼싸 좋아 얼씨구나 좋다
   벌나비는 이리저리 퍼얼펄 꽃을 찾아서 날아든다
2. 춘하추동 사시절에 소년행락이 몇 번인가
   술 취하여 흥이 나니 태평가가 불러보자

[노래 끝]

※ 둘째 마당(쌍놈 마당) ※

[잽이] (북소리 내며) 어허라 둘째 마당이로구나!

(무대 완전히 밝아지면 도서방, 심순네와 앉아서 무엇인가를 셈하고 있는데 큰 자루에 세면서 집어넣는다.)

[도서방] 하나로구나 둘이로구나, 셋 넷 다섯 여섯 일곱에다가 여덟, 아홉, 열…

[심순네] (따라서 손가락을 하나씩 접는다.)

[도서방] 열하나에서는 가설라무네 열둘이요, 열셋 열넷 열다섯에서는 가설라무네 열여섯 열일곱 열여덟 열아홉에다 스물… 스물이네, 마누라 흐히흐흐흐…

[심순네] (두 손가락과 발가락을 다 펴들고) 그렇구 말구요!

[도서방] 하나에 백냥이니까 스무 개면 몇 냥이냐?

[심순네] (열심히 손가락셈을 하나 어렵다. 어리둥절 쩔쩔매는데) 아 그게 그게 몇 냥이나 되나? 글쎄 손가락 발가락 다 합쳐도 스물인데 백냥을 셀래도 손가락과 발가락을 백 번을 짚어야 되는데…

[도서방] 에끼, 순. 제 알 셈하는 부엉이만도 못하니, 에이구 저런 여편네 믿구 내 자나 깨나 돈, 돈타령을 하며 벌었으니, 이 마누라쟁이야, 이천 냥이 아니냐, 응? 이천 냥… 에이그, 이 원수야…

[심순네] 그래도 영감, 내 길거리에서 점쟁이한테 사주 보면 우리가 이만큼 사는 게 다 내 덕이래요.

[도서방] 헥, 말도 안 되는 소리 말어. 그래, 여편네 사주에 덕이 많아서 내가 돈을 벌었다는 게야? 헥, 택도 없는 소리지.

[심순네] 영감, 그러게 내가 뭐라구 했나요? 그런데 우리 천치가 당신을 닮아서인지 도통 서당 공부가 시원치 않아서 매일 훈장한테 종아리 맞아서 울고 애들에게 허구헌날 놀림 받아 우니 웬 일이요?

[도서방] 뭐 뭐 뭐라구, 날 닮아! 에끼, 순. 그런 소리 마소. 날 닮은 놈이 왜? 내가 어째서? 이 세상에 돈만 있으면 무서운 게 없는 것이여.

[심순네] 아따, 돈보다 무서운 것이 왜 없어요?

[도서방] 뭐가 있어, 뭐가? 대봐!

[심순네] 그런데 왜 동리 사람들이 나나 당신이나 우리 집 애새끼들만 보면 가래침을 퉤퉤 뱉고 다니우? 왜?

[도서방] 어떤 놈이!? 내 그놈을 당장… 이 동네 놈 치고 내 돈 안 꿔간 놈이 어딨어! 내 당장 그 놈을 찾아가 꿔준 돈 빨리 달라고 족칠 테니…
[심순네] 관둬요, 관둬. 돈은 돈이고 그놈들에게 무서운 건 돈보다 양반이에요, 양반!
[도서방] 에이그, 이 맹추야, 양반도 돈 앞에서 늑대 만난 족제비마냥 설설 기는 거야.
[심순네] 그래도 당신은 그 양반한테 잘만 당합디다. 후딱 하면 불려가서 이래라 저래라 곤장을 맞으면서…
[도서방] 아, 이놈의 마누라쟁이가? 내가 그동안 돈 번 내력을 몰라서 그러나, 왜 그래? 응?
(도서방 일어나서 타령곡에 맞추어 춤을 추며 주위를 돌아가며, 각설이 타령조로)
어허허… 나도 세상에 태어나 어려서부터 글 못 배우고 등에다 짐을 지고 장사가 되어 가지고 소 죽이는 소백정에 개 죽이는 개백정, 말 잡는 말백정까지 되었다가, 팔도를 헐레벌떡 이리 뛰고 저리 뛰고 하여 갖은 고생 다 해가며 꿀꿀이죽으로 끼니 때우고 하늘을 지붕 삼아 노숙하여 모은 돈으로 강 너머에 땅 사놓고, 강변에 집 사놓아 이제 좀 팔자 피는가 했는데 웬 불평이야, 불평이? 이 돈들이 다 그렇게 모은 건데!
[심순네] 누가 그걸 몰라서 그러나요? 못 배운 게 서럽고 그 잡것 가난뱅이들한테까지 괄시받고 손가락질 받는 게 서러워 그래요.
[도서방] 서러워하면 무엇하나? 사실이지 원래 우리야 쌍것 중

에 쌍것, 백정 출신 아닌감.

[심순네] 에이그… 그러니까 말이죠… 에이— 다시 돈 셈이나 합시다, 영감.

[도서방] 그래, 흐흐 헤헤헤 하나로구나, 둘이로구나, 셋으로 들어가서 넷이로구나… (뚝 그치고)

(이때 뚤뚤이 등장하며 춤을 춰대는데 양반춤을 섞은 춤이다.)

[도서방] 마누라, 저 저놈이… (자루를 들어 뒤로 감춘다.)

[뚤뚤이] 하이하— 쉬이 쉬— 거 기분 좋은데 백정어른, 아니 도서방님 그래 경기 좋으슈?

[도서방] (마누라에게) 저놈이 뭘 또 꿔달래러 왔나 본데 빨리 감춰요. (느긋하게) 경기는 무슨 경기, 축구경기 본 적이 없네. 경기도도 안 갔었네.

[뚤뚤이] 축구경기 말고 요새 돈 버는 경기가 좋은가 물었소, 도서방님.

[심순네] (도서방에게) 저놈 뚤뚤이가 오늘 따라 왜 님자를 붙이지요? 도자(字) 뒤에 왜 님자(字)냐구요?

[도서방] (받아서) 내가 어떻게 알아? 제기럴 무슨 꿍꿍이속이 있나 본데, 정신 바짝 차립시다. (뚤뚤이에게) 내 그저 그렇고 그러오. 뭐 언제 경기타고 살았나? 근데 웬일이요?

[뚤뚤이] 내 좋은 걸 하나 소개하러 왔는데 어떻소, 들어볼라우?

[도서방] 관두려네, 나 관심 없네!

[뚤뚤이] 님자보다 더 좋은 자 듣기 싫소? 그럼…

[도서방] 님자보다 더 좋은 자라니.

[뚤뚤이] 반자요, 반자.

[심순네] 반자라니. 무슨 반, 소반? 우리 밥상 있어요.

[뚤뚤이] 이런 무식하기는 내 할게 들어보오, 쉬이— (창조로) 자고로 동서고금을 통하여 가장 귀중한 것으로서 즉 독서가 많은 자는 선비라 일컬었고 관도에 오른 자는 대부라 일컬었으며, 덕이 있는 자는 군자라 하나니— 과거를 치러 무과에 오른 자는 서반이요, 문과에 오른 자는 동반이라.

[도서방] 가만 가만, 뭐 동서남북이 어떻다구?

[뚤뚤이] 동서남북이 아니라 동반 서반이요.

[도서방] 우리 소반 있네. 동반도 서반도 필요 없네.

[심순네] 우리 밥상 있으니 그딴 거 필요 없소.

[뚤뚤이] 소반이 아니라 서반 동반이요.

[도서방][심순네] 서반? 동반? (서로 얼굴을 쳐다보며) 그게 뭔데?

[뚤뚤이] (창으로) 이것을 합쳐서 양반이라!

[도서방][심순네] 뭐 뭐라구, 야… 야… 양반?

[뚤뚤이] 이제야 알았소? 바로 그 양반이요.

[도서방] 그 양반이 어째서 또 날 잡아간다나?

[뚤뚤이] 그게 아니라 반자(字) 듣고 싶지 않느냐 이 말이요. 양반 반자.

[심순네] 학! 그걸 어찌 들을 수 있소? 응? 뚤뚤이님.

[도서방] 양반? 그럼 내가 양반 반자를 들을 수 있다는 얘긴가? 응? 하— 그 반자 말 한마디가 고량주 한 잔보다 더 독하구나.

카–

[뚤뚤이] 그냥 나 갈라우. 에 퉤– (가려는 척한다.)

[심순네] 그래, 무슨 양반이 될 묘안이 있단 말이오?

[도서방] 뚤뚤이 이거 왜 이러나? 내 자네 꿔간 돈 안 받아도 좋으니 그 묘안 좀 들어보세, 응?

[뚤뚤이] 내 좋은 계획이 하나 있는데 돈이 좀 많이 들어서…

[도서방] 돈? 엥 에키, 순 날도둑 같으니라구!

[뚤뚤이] 내 그럴 줄 알았소. 나 가겠소.

[심순네] (도서방을 치면서) 아니 그러지 말라고. 얼마나 드는데?

[뚤뚤이] 그럼 내 이야기를 들어보겠소?

(도서방은 심순네를 쳐다보고 서로 의사를 전달한다.)

[도서방] 그래, 내 들어봄세.

[뚤뚤이] 그럼, 이리루 잠깐 귀좀, 에그 냄새… 너무 가까이는 말고, 고기서 옳지 (수군수군)

(북소리로 장단을 맞춘다.)

[도서방] 뭐라구? 어디, 어디에 그런 게 있단 말이냐? 어디에?

[뚤뚤이] 글쎄 돈만 있으면 식은 죽 먹기보다 더 쉬운데…

[심순네] 어디 속 시원히 말좀 해봐요. 자, 제발…

[뚤뚤이] 정작 두 분께서 양반이 되고 싶다는 말이오?

[도서방] 에그, 그걸 말씀이라고 하나? 거 뭘 그리 망설이나? 응? 자, 뚤뚤이 이거 받게.

(자루에서 엽전 꾸러미를 꺼내어 준다.)

[뚤뚤이] (받아서 공중에 한번 던졌다 팔에 척 끼며) 에라, 주는

거니 받아두긴 두겠다만 기실 돈 받자고 그러는 것은 내 아닌데! 좋구나, 좋아 좋소. (그리고 돈타령을 한다.) 그런데 혹시 이번 고을에 암행어사가 내려온다는 소리 듣지 못했소?
[도서방] 아니, 내 그건 금시초문인데.
[뚤뚤이] 한양서 그 양반이 고을에 내려오는데… 그 왜 생원 어른 있지 않소? 그 계집 여자 여복 터뜨린 생원…
[도서방] 아! 그 생원 말인가? 관아에서 쌀 삼천 석인가를 꿔다가 기생년들 밑구녕에다 찔러 넣어 년들에게 다 바쳤다는 그 생원? 그래서…
[뚤뚤이] 바로 그 생원이 바로 지금 안절부절이오.
[도서방] 안절부절이라니, 왜?
[뚤뚤이] 딱도 하구려. 그 문제의 관아의 쌀 삼천 석이 나라 감사에 들통이 날까 봐 군수께서 생원에게 벌집을 쑤시듯 쑤셔대지 않았겠어요.
[도서방] 그래서?
[뚤뚤이] 이리 귀좀… 쑥덕쑥덕… (장단 맞추어준다.)
[도서방] 뭐 뭐 뭐, 삼천 석을 다? 삼천 석이면 육천 가마야, 예끼 순–
[뚤뚤이] 싫으면 관두슈.
[심순네] 영감, 삼천 석이 문제유? 우리 아들 천치(天痴), 서당에 들어가는 데도 천 석이나 들었는데 삼천 석이면 싸요.
[도서방] 그런가? 그래 내 삼천 석을 줄 텐데 그러면 정말 양반자리를 팔겠다나?
[뚤뚤이] 그럼, 내 할일이 없어서…

[심순네] 알겠어요, 알겠어. 어서 영감…

[도서방] 좋네. 내 삼백 석 아니 삼천 석 줌세.

[뚤뚤이] 좋습니다. 도생원 어른! 근데 구전은 어찌 할라우?

[도서방] 구전, 구전이라니. 내 자네에게 아까 준 돈이 오십 냥인데 구전은 또 뭔가?

[뚤뚤이] 도생원 어른이 그 양반 취임식 날 동네사람 앞에서 떡 벌어지게 한판 벌려줘야 된나— 그말입쇼.

[심순네] 백정 솜씨 발휘해서 우리가 소 한 마리 잡아 올려줌세.

[뚤뚤이] 소 한 마리라네. 휘이— 쉬이— 좋다— (춤)

[도서방] 근데 아까 자네 나한테 뭐라 했지? 다시 한번…

[뚤뚤이] 에— 쳇— 에라 모르겠다. 도생원 어른.

[심순네] 나는 그럼 뭔가?

[뚤뚤이] 엥— 에 퉤— 생원 부인님.

[도서방][심순네] 카아— 도생원 어른, 생원 부인님, 히이이— 좋아 죽네.

[노래] <자진 방아 타령>

[노래 시작]

1. 얼시구나 절시구 자진방아로 돌려라
   아하 에이요 에이여라 방아흥아로다
2. 정월이라 십오일에 액매기 연이 떴다
   에라디요 에요 에이여라 방아흥아로다
3. 이월이라 한식날에 종달새가 떴다
   아하 에이요 에이여라 방아흥아로다

4. 삼월이라 삼짇날 제비새끼 명마구리 바람개비가 떴다
에라디요 에이요 에이여라 방아흥아로다

[노래 끝]

[뚤뚤이] 쉿 쉬이— 죽지 말고 마지막으로 양반 되기 전에 쌍놈 춤이나 어울려 한판 안 추려오?

[도서방][심순네] (춤추며) 영웅호걸이 몇몇이며, 절대가인이 그 누구뇨. 우리도 아차 죽어지면, 저기 저 모양이 될 것이로다. 에라 만수— 에라 대신이야— 닭아, 울지 마라. 네가 울면 날이 새고, 날이 새면 나 죽는다. 나 죽는 것은 섧지 않으나 앞 못 보는 우리 부친 누굴 믿고 살란 말이냐. 에라 만수— 에라 대신이야— (자진머리)

[뚤뚤이] 좋다 좋아, 허이 쉬이—

[도서방][심순네] 마지막이로구나, 좋다, 덩더 덩더쿵— 좋아 죽겠네.

[뚤뚤이] 좋아 죽을라네— 덩더 덩더쿵—

(셋이 엉켜서 굿거리로 또 한판 벌여 노는데 조명 천천히 F.O. 이것이 바로 두 번째 마당의 끝이로구나!)

[잽이] 니들이 놀기는 잘 노는데, 어째 거 박지원이란 청년이 쓴 것과는 다른 것 같아. 어찌된 것이냐?

[모두들] 그게 무슨 상관이야.

[잽이] 상관없다니, 그 줄거리를 보니까 『양반전』하고 같은데?

[모두들] 줄거리?

[잽이] 그래.

[모두들] 줄거리가 무슨 필요 있나. 우리는 그저 신명나게 노는 것이여.

[잽이] 그래, 하긴 잘 놀기는 논다만. 그런데 아까 한다던 양반하고 도서방 이취임식은 어떻게 되었나? 아직 시작 안했나?

[모두들] 영감 때문에 못하고 있잖어.

[잽이] 그래?

[모두들] 영감, 사과하게.

(마당과 마당 사이. 어두운 무대. 아직 조명 들어오지 않는다.)

[잽이] 허이— 하, 거 시원하고 신나게 한번 잘 놀아줬다. 다음 마당은 무슨 마당이냐? 분명 재미있고 신나게 놀 것이 분명한데… 그런데 내 아까 들어오며 봐뒀다가 물으려다 빼먹은 게 있어. 그걸 좀 물어보려네.

[모두들] 입으로 물지 말고 그럼 말로 물어보게.

[잽이] 그래 그래, 내 말로 물어보지.

[모두들] 그래이.

[잽이] 노는 데 정신이 팔려버렸나? 공부는 안하고 말이야.

[모두들] 그게 그리 궁금하나?

[잽이] 그리하네. 내 그게 네 녀석 놀음에 기분이 좋아 죽겠으면서두, 한편으로 뭐 늙은이 노파심이라 할까? 걱정이 되네.

[모두들] 알겠어, 우리도 놀고만 싶어 노는 게 아니네.

[잽이] 그러면 어찌해 노나?

[모두들] 그것도 가르쳐줄 수 없네!

[잽이] 정말 그것도 못 가르쳐주는가?

[모두들] 그래이.

[잽이][모두들] 그래이.

[잽이] 다음 마당으로 넘어가세-

[모두들] 그래이!

(덩더 덩더쿵 북소리 나고 꽹과리 치며 세 번째 마당을 시작한다.)

※ 셋째 마당(잔치 마당) ※

(천천히 무대에 조명이 **F.I.**하면 꽹과리 치며 세 번째 마당이 시작된다. 모든 등장인물이 다 나와 있는데 계속 춤으로 돌아들간다. 그리고 <진도 아리랑>을 모두 합창한다.)

[노래] <진도 아리랑>

[노래 시작]

아리아리랑 스리스리랑 아라리가 났네

아리랑 흥흥흥 아라리가 났네

문경새재는 웬 고갠가 구부야 구부구부 눈물이로구나

아리아리랑 스리스리랑 아라리가 났네

아리랑 흥흥흥 아라리가 났네

우리댁 서방님은 남평장 갔소 저달이 떴다 지도록 놀다나 가소
아리아리랑 스리스리랑 아라리가 났네
아리랑 흥흥흥 아라리가 났네
[노래 끝]

[뚤뚤이] 하이 쉬— 쉬이—

(소리에 맞춰 동네사람들 한쪽으로 밀려나고, 또 양반패들이 한쪽으로 밀려가고, 도서방과 양반이 뚤뚤이 옆에 와 선다. 뚤뚤이 꽹과리를 들었다.)

[뚤뚤이] 허엇— 쉬이— 좋구나. 그럼 사람들 많이 모여 올 사람은 다 왔나 본데 시작할까?
[모두들] 그래이—
[뚤뚤이] 그럼 지금부터 양반 상놈 이취임식을 시작하겠네.
(노래) 떼이루 떼이루 디어야 난데데루 데루디야.
쉬— (꽹과리를 세차게 타령박자로 두드린다.) 그럼 먼저 양쪽의 인사 춤이 있겠다.
(그러면 도서방과 양반이 각기 춤으로 한바퀴 휘휘 돌아가서 제자리에 온다.)
좋구나 좋아. 그러면 두 번째로 각기 신분증서 교환이 있고 그 다음에는 서로 의관을 바꿔 입는 식이 있겠다.
(그러면 도서방과 양반 서로 문서를 주고받는다.)
도서방은 양반에게 쌀 삼천 석의 증서를, 그리고 양반은 도서방

에게 양반 족보를 서로 교환하겠다.
(이때 심순네 좋아 어찌할 줄 몰라서 춤을 덩실덩실 추며 돌아가고, 부인과 삼촌, 진사는 부인의 곡소리를 말리며 한구석에서 한숨짓는다.)
[심순네] 우리 영감 도생원 됐네. 좋아 죽네, 나 죽네 죽어.
[부인] 아이고 아이고… (계속 곡을 한다.)
(모여 있는 동네사람 갑, 을, 병, 정, 고갯짓과 몸짓으로 비웃음과 고소를 터뜨리고 있다.)
[뚤뚤이] 쉬이― (하면 다시 목소리, 춤 그친다.) 그럼 양반 족보와 백미 삼천 석 증서가 교환되었으니 이번에는 서로 의관을 바꿔 입을 차례요.

(도서방과 양반, 서로 옷과 신까지 모두 바꿔 입는데, 도서방은 옷 벗는 것이 꼭 춤추는 것 같고, 양반이 옷 벗는 것은 비통에 잠겨서이다. 장구소리가 서서히 장단 맞추어 동네사람들도 옆에서 수군대며 춤으로 돌아간다.)

[뚤뚤이] 쉬― 다 하였으니, 그럼 이 뚤뚤이가 모이신 모든 사람을 공증인으로 하여 도서방이 일천 구백 팔십 일년 모월 모일 모시 모초 부로 양반, 즉 도생원님이 되었음을 밝히며, 아울러 동시에, 양반은 아까 같은 부로 상놈으로 내려갔음을 선언하는데 있어서 차후로 이 문제에서 말썽이 일어나 본인에게 화가 미치게 될까 심려되어, 내 다음과 같은 선서를 양인에게 권고한다. 선서하시것소?

[도서방] (큰소리로) 좋으이—
[양반] (모기만한 소리로) 좋네.
[뚤뚤이] 그럼 먼저 도서방, 아니 도생원 나리 선서!
[도서방] 선서!
[뚤뚤이] 본인은 금일 양반이 되었으므로, 차후에 절대로 양반의 권리나 기타의 일체 의무, 윤리강령을 준수하것음.
[도서방] 본인은 금일 양반이 되어서… 뭐지? 그 다음이…
[뚤뚤이] 이런 제기랄! 차후에 절대 양반의 권리나…
[도서방] 아 아, 가만 내 알것네… 차 차 차후에 절대 양반의 권리나… 뭐드라… 기타 일체의 의무, 윤리강령을 준수할 것을 엄숙하고 숭고하게 선서하시겠도다. 카— 좋다.
[뚤뚤이] 그것 참 잘 놓아줬소! 다음은 양반 아니 쌍놈으로 내려간 빈가(貧哥) 차례요. 선서!
[양반] 선서!
[뚤뚤이] 본인은 차후에 양반자리를 내놓은 데 있어서 그 사실을 명심코 평민의 권리나 의무를 훌륭히 이행하고, 일체의 행동을 평민과 같이할 것을 선서함. 조오타—
[양반] (마지못해서) 본인은… 차후에… 양반자리를… 내놓은 데 있어서… 그 사실을… 명심코 평민의 권리나 의무를 훌륭히 이행하고… 일체의 행동을 평민과 같이할 것을 선서함.
(그러면 환호성이 일어나고 동네사람들 엉켜서 한바탕 춤을 덩실거리다가)
[뚤뚤이] 쉬이— 그럼 이것으로 양반 상놈 이취임식을 끝마치것소. 그럼 일차 피로연에 들어가것소! 자— 풍악을 울려라이—

덩더 덩더궁.

(그리고는 크게 한차례 춤을 추며 동네사람 갑, 을, 병, 정을 따라가며 같이 섞여 춤을 추는데 한쪽에 양반, 진사, 삼촌, 부인은 침통해서 부인은 또 조그맣게 곡을 한다.)

[부인] 어이구 어이고오— 어이 어이 어이고오 아이고…

(진사와 삼촌 그걸 말리면 곧 그친다.)

[심순네] (도서방에게 춤추며 다가서면서 큰소리로) 도생원님— 아이구, 생원 생원 생 생 생원니임—

[도서방] 거 쌍놈들 노는데 창피하지도 않소? 거 시끌시끌하게 왜 소리치고 야단이오! 응— 하— 거 참—

[심순네] 그렇지, 내가 왜… 요놈의 입, 그래 얼마나 기쁘시고 기쁘시겠습니까?

[도서방] 그렇지! 좋다, 그래 생원 부인님도 얼마나 기쁘시고 기쁘시것습니까?

[똘똘이] 도생원 어른! 거 기쁘신데 내 운자 하나 띄울게 시조 한 수 읊지 않것소?

[도서방] 운 운자? 운자가 뭐야?

[심순네] 거 왜 있지 않아요? 운잔가 뭔가 그래요 구름 운(雲)자 운!

[도서방] 구름이라니?

[똘똘이] 이거 딱두 하시네요. 글자를 내 잡아 내놓을 테니 시 한수 읊으시라구요!

[도서방] 시? 응— 그거 좋네. 한자 내놓게.

[똘똘이] 에라 에 또— 단(單)자로 한자 주것소. 운자가 강(江)

이요.

[도서방] (우물쭈물하고 심순네를 돌아본다. 심순네도 별수 없다.) 에라 모르겠다. 내 할 테니 들어보게!

한강 동쪽엔 똥물이 흐르구요

여편네 강짜에는 신물이 나는구나-

[모두들] 똥물, 신물이라네! (하고 일동 비웃는다.)

[뚤뚤이] 잘 하시었소. 소인은 저쪽과 어울려 놀것소.

(뚤뚤이 동네사람 쪽으로 가면, 도서방, 심순네 양반걸음을 흉내내어 한바퀴 돌아간다. 도서방은 부채와 장죽을 가지고 심순네도 부채를 들었는데 도서방, 너무 빠른 심순네를 장죽으로 툭툭 치며)

[도서방] 여편네야 너무 빨라… 아, 거 너무 빠르대두.

[심순네] (슬쩍 뒤를 돌아보며) 아, 네 알겠어요.

(다시 느릿느릿 돌아가며 동네사람 앞으로 걸어가는데)

[도서방] 어으흠 어험 털털… 어흠 도생원 어른 나가신다. 어으험-

(동네사람들 웃음을 터뜨린다.)

[모두들] 하하하하- 퉤- (침을 뱉는다.)

[도서방] 그런데 왜 이 쌍것 잡것들이 양반 행차하시는데 웃고 가래침 뱉고 야단이야 야단이-

[심순네] 그러게 말이에요.

[도서방] 얘 뚤아 뚤아 뚤뚤아-

[뚤뚤이] (펄쩍 뛰어나가며) 저기 누가 날 찾네. 저기 누가 날 찾아. 날 찾을 이 없건마는 바둑왕 조남철이가 바둑을 두자고 날

찾나. 술 잘 먹는 이태백이가 술을 먹자고 날 찾나—
예, 뚤뚤이 여기 있소. 뚤뚤이 대령이요!
[도서방] 이거 약속이 틀리지 않는가?
[뚤뚤이] 소인 뚤뚤이 알기로는 그 걸음걸이가 별로 양반 같지 않아서 그런 줄로 압니다.
[도서방] 양반 같지 않다니?
[뚤뚤이] 저를 따라 걸으십죠!
(뚤뚤이 한결 걸음걸이를 과장해서 마치 중풍 든 사람처럼 다리를 부들부들 떨면서 팔자로 걸으며)
[뚤뚤이] 하나—
[도서방][심순네] 하나—
[뚤뚤이] 두울—
[도서방][심순네] 두울— 그런데 떨긴 왜 떠나?
[뚤뚤이] 거 참 이게 위엄이 넘쳐 몸에 힘이 들어가 떨리면 떨릴수록 좋은 겁니다. 세잇—
[도서방][심순네] 세잇— 아주 거 힘들다.
(그리고 둘 주저앉아 버린다.)
[모두들] 하하하핫— 에 퉤—
[뚤뚤이] 가다가 중지 곧 하면 아니 감만 못하다 하였는데 중지 곧 하니 사람들 웃고 침 뱉고 야단이지 않소? 에이—
[도서방] 그렇지만 힘이 드는데 어떡하나. 그래, 자 그럼… (일어난다.) 마누라, 아니 생원 부인님 안 일어나시려오.
[심순네] 그거 힘이 들어서 어디… 도생원님 혼자 하시구려, 우선.

[도서방] 에이, 이게 얼마나 주구 얻은 건지 알면서… 이렇게 해도 본전이 빠질까 말까 한데, 에이— 뚤아 뚤아 뚤뚤아 그럼 어서 가자—

[뚤뚤이] 예으이— 갑시다요.

(뚤뚤이 앞서서 무대 위를 돌아가는데, 도서방 힘이 들어 쓰러질 것 같아 하면서도 힘들여 따라간다. 중간에 뚤뚤이는 빠져 동네사람 쪽으로 도망간다.)

[도서방] 뚤뚤아 그냥 가면 어떡허니? 에라 나 혼자라도 가네. 어허흠 어험—

(도서방 혼자 걸어 돌아가는데 동네사람들 손가락질을 하며 흉내 내는 사람, 고개 젓는 사람, 별의 별 사람 다 있다.)

[모두들] 하하하하…

[도서방] 이놈 뚤아 뚤아? 이놈들이!

[모두들] 뚤이는 없고 뚤뚤이는 있소.

[도서방] 바쁜 세상에 두자씩이나, 오냐 뚤뚤아—

[뚤뚤이] 예이— 여기 있소. (하고 동네사람들 틈에 끼어서 나오지 않는다.)

[도서방] (뚤뚤이에게로 가며) 이놈 뚤뚤아, 이거 약속이 틀린다. 왜 웃고 지랄이냐? 이 쌍놈에 잡것에 가난뱅이들아!

[뚤뚤이] 히힛 (뛰어나오며) 양반이고 생원이고 걸음만 걸어서 되는 게 아니우.

[도서방] 그럼 또 뭐가 있단 말이냐? 에이그—

[뚤뚤이] 학식이 있고 문자를 알아야 합니다요.

[도서방] 내 어디 그런 거 알은 적이 있나?

[뚤뚤이] 하여튼 이 기회에 여기 사람들 앞에서 그걸 과시해야지. 그렇지 못하면 아까운 백미 삼천 석 휑 날리는 겁니다요.
[도서방] 그럼 안 되지 안 돼. 그럼 어떻게 해야 하냐?
[뚤뚤이] 적어도 논어 정도는 아셔야 합죠.
[도서방] 논어? 논 논 논어? 그걸 내가 어떻게 알어?
[뚤뚤이] 그럼 할 수 없습니다요.
[도서방] 좋네, 내 하여튼 함세 해– 자, 그럼 시작하세.
[뚤뚤이] 지금부터 도생원님이 논어에 대해 말씀하셔얍죠.
[도서방] 논어! 논 논어는 고등어와 망둥이와는 달리 논에서 나는 고기로서, 붕어, 미꾸라지, 메기…
[모두들] 메기라네– 하하하–
(춤으로 돌아가다 뚝 그치며)
[뚤뚤이] 쉬이– 도생원님 거 참 잘 하십니다. 그럼 논어는 참 잘 하셨는데 그 다음은 노자의 도덕경을 좀 풀이해 주슈.
[도서방] 에이 그만하지 뭘! 에라 좋다. 도덕경이라 했겄다. 도덕경이라… (사이) 도둑괭이는 밤에만 나온다네. 그래서 그 소리는 냐옹냐옹–
[모두들] 냐옹냐옹이라네– (모두들 느림춤 한자락 추고 뚤뚤이 뛰어나와)
[뚤뚤이] 잘 하셨습니다요. 그럼 마지막으로 맹자를!
[도서방] 어흠– 허 거 또 해? 이래도 나의 학식을 못 믿는단 말이지? 좋네. 내 하지. 맹! 맹자는 맹의 아들로서…
[뚤뚤이] 맹의 아들요? 그럼 맹은 누구죠?
[도서방] 그거야 아버지지.

[모두들] (신이 나서) 아버지라네.

(모두들 한바탕 어울려서 타령 장단으로 놀아나는데 도서방, 심순네도 잘 되었구나 해서 덩달아 춤을 춘다.)

[똘똘이] 쉬이– 그런데 도생원 어른 그 많은 책을 언제 다 읽으셨습니까? 돈 버시는 데두 바쁘셨을 텐데!

[도서방] 내 기실 돈만 벌어들인 게 아니라 밤마다 틈틈이 시간을 내어 등불을 밝히고 읽었다네.

[모두들] 등불을 밝히고 읽었다네! (춤춘다.)

[똘똘이] 쉬이– 그건 알겠는데요, 양반이 완전히 되시려면 양반 수칙이 있는데 그걸 아셔야 하는데, 그걸 아시나요?

[도서방] 양반 수칙? 양반 수칙이라니?

[똘똘이] 수칙이란 쉽게 말해서 지켜야 할 일을 얘기하는 겁니다요.

[도서방] 지켜야 할 일이라. 에 또– 그건 내 알지 못하는데… 어떡하지?

[똘똘이] 그럼 이 기회에 아셔야 합죠! 내 알으켜 드릴 테니 그대로 하셔야 하는 겁니다.

먼저 양반의 일반수칙 (타령조로)

덥다 하여 방안에서 버선 벗지 말 것이며

[도서방] 에 또– 덥다 하여 방안에서 버선 벗지 말 것이며… 뭐? 버선을 벗지 않아? 난 벗는데 버릇이…

[똘똘이] 음식 다과 먹을 때는 의관 정제 할 것이며

[도서방] (신나게 따라한다.) 음식 다과 먹을 때는 의관 정제 할 것이며

[뚤뚤이] 국물 따위 마실 때는 소리 나면 아니 되고
[도서방] 국물 따위 마실 때는 소리 나면 아니 되고
[뚤뚤이] 빈 수저로 음식물을 뒤적이지 말 것이며
[도서방] 빈 수저로 음식물을 뒤적이지 말 것이며
[뚤뚤이] 턱수염에 묻은 술은 빨아 먹지 말 것이며
[도서방] 뭐 뭐– 아까운데… 에라– 턱수염에 묻은 술은 빨아 먹지 말 것이며
[뚤뚤이] 가래침은 뱉지 말고 잘근 잘근 씹어 먹고
[도서방] 가래침은 뱉지 말고 잘근 잘근 씹어 먹고
[뚤뚤이] 춥다 하여 화롯불에 손을 쬐지 말 것이며
[도서방] 춥다 하여 화롯불에 손을 쬐지 말 것이며
[뚤뚤이] 분하다고 여편네를 두드리지 말 것이며
[도서방] 아니? 응? 다 되도 그것은 안 되네! 그게 내 취민데 그것마저…
[뚤뚤이] 하셔야 합니다. 다음– 노엽다고 생그릇을 깨뜨리지 말지로다.
[도서방] 노엽다고 생그릇을 깨뜨리지 말지로다.
[뚤뚤이] 주먹으로 아이들을 두드리지 말 것이며
[도서방] 주먹으로 아이들을 두드리지 말 것이며
[뚤뚤이] 말과 소는 두드려도 사람욕은 말 것이며
[도서방] 말과 소는 두드려도 사람욕은 말 것이며
[뚤뚤이] 세수할 때 너무 오래 얼굴 닦지 말 것이며
[도서방] 세수할 때 너무 오래 얼굴 닦지 말 것이며
[뚤뚤이] 급하다고 하더라도 뛰어가지 말 것이며

[도서방] 급하다고 하더라도 뛰어가지 말 것이며
[똘똘이] 하인놈을 부를 때는 긴 소리로 부를 거며
[도서방] 하인놈을 부를 때는 긴 소리로 부를 거며
[똘똘이] 병이 났다 하더라도 굿을 하지 말 것이며, 소를 잡지 말 것이며, 투전하지 말지어다.
[도서방] 병이 났다 하더라도 굿을 하지 말 것이며, 소를 잡지 말 것이며, 투전하지 말지어다.
[똘똘이] 이제 다 끝났네.
[도서방] 이제 다 끝… 아니 이놈아, 뭐가 어째? 가만 있자. 나 이거 양반 못하겠다. (갓을 벗어 내던지며 부채를 팽개치고 담뱃대로 똘똘이를 치려고 달려들며) 이놈 똘똘아, 아 이거 처음 하고 약속도 틀리고 말도 틀린다. 이놈 양반이 뭐 그런 거야? 양반? 양반 좋아하시네— 차라리 사람백정이나 하거라, 이놈아! 나 못하니 (두루마기를 풀며 양반 족보를 내어놓고) 자 이거 받고 백미 삼천 석 도로 다구! 어서!
[똘똘이] 아니 거 뭐 양반이 탁주집 술잔인 줄 아슈? 줬다 바꿨다 하게? 나 이런 참!
[심순네] 여보 영감—
[도서방] 이놈아! 똘아 똘아 똘똘아! 빨리 도루 바꿔주지 못해— 이놈—
[똘똘이] 쉬이— 훠이— 이거 왜 이러슈?
(똘똘이 도망치며 선동해서 춤으로 그냥 넘어가는데, 도서방 담뱃대를 들고 때리려고 쫓아가며 춤을 춘다.)

(그렇게 어울려 한바탕 놀아나는데… 어디서 꽹과리, 북소리와 같이 천둥소리 같은 것이 나며, 허연 짐승 한 놈이 관객석 한가운데서 우람하게 뛰어 들어왔것다.)

[모두들] (관객석에서) 짐생 났소!

(동네사람들과 뚤뚤이 일제히 쫓겨가며 모두 한구석으로 도망가는데, 사자 뒤따라 나온다. 모두들 잡아먹을 기세다. 한참 쫓기다가 이때 뚤뚤이가 용감하게 헤치고 나선다. 손에는 짧은 막대를 들고 있다.)

[뚤뚤이] (막대기로 쳐서 사자를 진정시킨 뒤) 쉬이– (사자는 중앙에 적당히 자리 잡고 앉는다. 머리에 큰 방울을 달았기 때문에 소리가 난다. 앉아서 좌우로 머리를 돌리며 몸을 긁고 이를 잡기도 한다.)
짐승이라니, 이 짐승이 무슨 짐승이냐? 노루, 사슴도 아니고 범도 아니로구나. 그러면 어디 한번 물어보자. 네가 무슨 짐승이냐? 우리 조상 적부터 못 보던 짐승이구나. 노루냐?
[사자] (부정(否定). 머리를 좌우로 설레설레 흔든다. 혀를 내밀어 입 언저리를 닦기도 한다.)
[뚤뚤이] 그럼 노루도 아니고 사슴이냐?
[사자] (부정. 머리를 좌우로 흔든다.)
[뚤뚤이] 아, 사슴도 아니야. 그럼 범이냐 네 할애비냐?
[사자] (부정)

[뚤뚤이] 이놈, 아무리 미물의 짐승이라 할지라도 만물의 영장 사람을 몰라보고 함부로 달려들어 해코자 하는 너 같은 고얀 놈이 어데 있느냐. 그러면 도대체 네가 무슨 짐승이냐? 옳다. 이제야 알겠다. 예로부터 성인이 나면 기린이 나고 군자가 나면 봉이 난다더니, 네가 기린이냐?

[사자] (부정)

[뚤뚤이] 아니야? 기린도 아니고 봉도 아니면 도대체 정말 네가 무슨 짐승이냐? (생각하다가) 옳다. 이제야 알겠다. 제나라 때 단(單)이가 소에다 횃불을 달아 가지고 수만의 적군을 물리쳤다더니 우리가 이렇게 굉장히 떠들고 노니까 전쟁터로 알고 뛰어든 소냐?

[사자] (부정)

[뚤뚤이] 소도 아니야? 소도 아니고 개도 아니고 도대체 네가 무슨 짐승이냐? 아아, 이제야 알겠다. 네가 바로 그 텔레비전 동물의 왕국 시간에 밀림의 왕자로 등장하여 이 짐승 저 짐승 잡아먹으며 천생천수를 누리다가, 하늘나라 옥황상제의 부르심을 받고 올라가서 옥황상제 보디가드를 지내다가, 요즘은 틈틈이 지상에 내려와 나쁜 인간을 잡아 간다는 바로 그 사자로구나? 그렇지? 아 이제야 알았다.

[사자] (머리를 상하로 움직여서 긍정한다.)

[뚤뚤이] 그러면 여기에 네가 왜 내려왔느냐? 내 할아비, 내 에미를 잡아먹으려고 내려왔느냐? 네가 무슨 일로 적하인간(謫下人間)하였느냐? 여기 쌍놈 양반 이취임식장에 풍악소리가 즐거워 질탕히 노는 마당, 유량한 풍악소리 천상에서 반겨 듣고 우

리와 같이 한바탕 놀러 왔느냐?

[사자] (부정)

[뚤뚤이] 아 이놈 사자야, 나의 하는 말을 자세히 들어라. 네가 일찍이 선경을 다 헤쳐버리고 내려온 심지를 좀 알아보자. 양반 꾀어 상놈 만들고 상놈 꾀서 양반 만들어 한상 차려 먹는 나 집어 먹으러 왔느냐?

[사자] (부정)

[뚤뚤이] 그럼 동네사람들, 질탕히 덩달아 노는 저기 저 사람들 잡아먹으러 나왔느냐? 좀 대다구.

[사자] (부정)

(이때 양반, 진사, 삼촌, 부인, 엉거주춤 고개를 뒤로 돌리고 돌아서 부들부들 떨고, 도서방, 심순네, 부둥켜안고 떨고 있다.)

[뚤뚤이] 그러면 뭐 때문에 네가 천상에서 적하인간 하얐느냐? 그럼 혹시 저기 저 양반 고만둔 저쪽 사람들 잡아먹으러 왔느냐?

[사자] (부정)

[뚤뚤이] 그리하면 오호라, 내 이제야 알것다. 저기 저 양반자리 탐낸 도서방, 심순네 잡아먹으러 왔구나? 그렇지?

[사자] (부정)

[뚤뚤이] 하아— 그것도 아니야. 그럼 뭣하러 왔느냐. 네 심지를 얘기해라! (하며 느릿느릿 왔다 갔다 하다가 펄쩍 뛰며) 그럼 혹시? (여러 관객들까지 다 가리키며) 여기 있는 사람 몽땅 다 잡아먹으러 왔느냐?

[사자] (긍정하고 뚤뚤이를 물어뜯으려 달려든다.)

(뚤뚤이는 막대기로 막으며 도망가고 어쩔 줄 몰라 모두들 혼비백산으로 쫓기며 아수라장이 된다. 사자는 쫓고 돌아가는데)

[뚤뚤이] 아이쿠 이거 큰일 났구나. 쉬이- (그러나 한발짝 나서서 사자를 어르며) 그러나 우리가 무슨 죄가 있냐? 사자야 말 들어봐라. 그러 우리는 내일부터 진심으로 회개하여 깨끗한 마음으로 살 터이니 용서하야 주겠느냐?

[사자] (머리를 이리저리 돌리다가 좋다고 머리를 끄덕끄덕한다.)

[뚤뚤이] 하아, 고맙다 사자야. 역시 너는 도량이 큰 짐생이로구나. 그러면 헤어지는 이 마당에서 저런 좋은 음률에나 맞춰 춤이나 마지막으로 한바탕 추고 가는 것이 어떠냐?

[사자] (긍정)

[뚤뚤이] 좋아, 그러면 무슨 춤으로 출랴는지 네 형편을 알아보자. 긴 영산으로 출라느냐? 아니야. 그럼 도드리를 출라느냐? 그것도 아니야. 옳아. 이제 알갔다. 타령으로 출라느냐? 낙양동천 이화정- (사자와 같이 한참 타령곡으로 추다가) 쉬이- (장단 그치고 사자 그 자리에 앉는다.)

[뚤뚤이] 사자야, 아깐 타령으로 췄지만 지금부터는 우리 모두 (사람들 우르르 나온다.) 굿거리로 한바탕 신나게 놀아보자. 덩더 덩더쿵-

[모두들] 덩더 덩더쿵-

(신나게 놀아나고 춤으로 사자와 엉켜서 한바탕 돌아가는데 조명 천천히 F.O.하면)

[잽이] 훠이– 이거 참 시원하고 신나게 잘 놀아줬다. 그런데 이상하게도 아직 못 논 것이 있는 것도 같고 어째 놀음판이 좀 싱거운 것 같기도 하고 이렇게 놀지만은 안해야 하는 것도 같다. 그러나 여하튼 잘 놀았으니 이 사람들한테 지금부터 아까 니네들한테 약속했던 구경값은 걷어 주것다. 여보시오, 구경꾼들! 이젠 다 놀았으니 구경값이나 두둑이 주고 가시오.

(다시 조명 F.I.되면서 일동 다시 춤을 추며 등장하여 일제히 <각설이 타령>을 부른다. 그리고 돈을 걷는다.)

[1973]

[희곡]

노천카페

[등장인물]

남자 : 40대 중반의 허무주의 성향을 지닌 사람

여자 : 20대 중반의 야하고 섹시하고 화려한 여인

[장소] 한여름 불볕더위 속에서의 노천카페(서울 대학로의 마로니에 광장으로 생각해도 된다)

남자와 여자가 거리 한가운데 있는 노천카페에 나란히 붙어 앉아 있다. 둘 다 조금 시무룩한 얼굴이다. 노천카페 앞으로 큰 차도가 지나가고, 카페 뒤에는 몇 그루의 큰 나무들이 보인다. 주변에 작은 화단들이 만들어져 있고 드문드문 벤치가 설치돼 있는 것으로 보아, 도심의 작은 공원 안에 마련된 노천카페인 것 같다.

하늘 높이 뜬 태양이 이글이글 작열하고 있다. 하늘도 땅도 건물도 사람도 모두 다 권태롭게 축 늘어져 있다. 한여름의 이른 오후. 대지가 타들어가며 흐물흐물 녹아들어가는 소리만이 자유롭게 울린다.

절정을 맞은 여름날의 뜨겁고 후덥지근한 열기가 두 사람 주위를 짜증나게 에워싸고 있다. 이글거리는 태양의 열기 때문에 한껏 뜨겁게 달아오른 땅에서 아른아른 아지랑이가 피어오른다.

남자와 여자 앞으로 지나가는 사람들 모두 느릿느릿 힘겹게 걸어가고 있다. 길 건너편으로는 습기에 찌든 회색빛 빌딩 숲이 단조롭고 짜증나는 분위기를 연출하고 있다.

남자는 더위에 지친 게슴츠레한 눈으로 노천카페 주위를 둘러본다. 아이스바를 빨아먹으면서 지나가는 학생 차림의 젊은 여자가 보이고, 벤치에 앉아 사이다를 병째로 들이켜고 있는 후줄근한 차림의 사내도 보인다. 그 사내 옆에는 아이스크림을 들고 혀끝으로 음미하듯 살살 핥아먹고 있는 중년 나이의 여자가 앉아 있다.

공원 한구석에서는 눈먼 걸인이 쭈그리고 앉아, 더위에 지친 표정으로 하모니카를 불며 지나가는 사람들에게 동정을 구하고 있다. 서툰 솜씨로 부는 하모니카의 선율은 귀에 익은 찬송가 곡조다.

남자와 여자 앞에는 캔맥주 하나와 콜라 한 병이 놓여 있다.

남자가 캔맥주를 집어 들고 한 모금 천천히 들이마신다.

여자도 콜라병을 집어 들고 한 모금 천천히 들이마신다.

여자의 긴 손톱에는 여름 분위기에 걸맞은 경쾌한 색조의 다섯 색깔 매니큐어가 양손에 짝 맞춰 칠해져 있다. 옅은 연두색, 옅은 녹두색, 옅은 파란색, 옅은 보라색, 옅은 노란색의 다섯 가지 색깔로 칠해진 긴 손톱들이 뜨거운 햇살을 받아 반짝거린다.

오랫동안 목욕을 안 시킨 것 같은 더러운 잡종 개 한 마리가 혀를 길게 빼고 헉헉거리며 느릿느릿 기어간다.

배가 불룩 튀어나온 뚱뚱한 아줌마 하나가 햄버거를 손에 쥐고 누런 이빨로 게걸스레 베어 먹으며 지나간다.

배꼽이 드러난 티셔츠를 걸치고 미니스커트를 입은 쭉 뻗은 다리의 젊은 여자 한 명이 멀리서 남자 쪽을 향해 걸어온다. 남자는 긴장된 표정으로 그 여자를 주시한다.

가까이 다가온 여자를 보니 몸매는 괜찮은데 코가 너무 낮고 펑퍼짐하다. 여자의 손을 보니 가느다란 다리와는 달리 둔탁하게 짧으면서 뭉툭하게 굵다. 손톱을 살짝 기르긴 했는데, 손톱 모양이 넓적하게 가로 퍼진 형인데다가 매니큐어마저 군데군데 벗겨져 있어 보기 흉하다.

남자는 젊은 여자를 실망스러운 눈길로 바라본다. 남자의 눈초리가 자기를 집요하게 뜯어보고 있는 걸 알아차렸는지, 여자는 불쾌한 표정으로 남자를 힐끗 곁눈질하며 지나간다.

남자가 바지 주머니에서 손수건을 꺼내 이마의 땀을 닦는다. 한여름의 무더위에 지쳐 있어 그런지, 모든 것이 귀찮고 피곤하고 권태롭다는 표정이다.

앞에 나 있는 차도로 버스 한 대가 와 정류장에 선다. 버스조차 더위에 지쳤는지 느릿느릿 기듯 굴러와 한참을 정지된 상태로 서 있다.

남자는 버스를 물끄러미 바라본다. 버스의 창문 아래엔 꽤 큰 장방형의 광고판이 부착돼 있다. 광고판에 인쇄돼 있는 여자의 사진이 약간 현란하다. 립스틱 광고인 듯, 광고판 속의 여자가 붉은빛 입술을 벌리고 더 붉은빛 립스틱을 입 쪽으로 가져가고 있다. 무더운 날씨에 붉은색 립스틱 광고 사진을 보며 남자는 더 더위를 느낀다.

열린 버스의 창문을 통해 승객들의 모습이 보인다. 손잡이를 붙잡고 서 있는 사람들의 얼굴은 천편일률적으로 무표정이다.

작달막한 키에 파란색 가방을 둘러멘 여자. 답답한 정장 차림의 회사원. 땀이 많은 체질인데도 화장을 짙게 해 분가루와 땀방울이 뒤범벅이 되어 추한 빛으로 번들거리는 중년 나이의 여자.

남자는 그의 시야에 들어오는 버스 안 승객들의 모습이 짜증스러운 듯, 버스에서 눈을 떼고 옆에 앉은 여자를 바라본다. 그러면서 맥주를 한 모금 들이마신다.

공원 주위를 걸어가는 사람들의 일상적인 촌스러운 옷차림이 여자의 비일상적(非日常的)인 화려한 옷차림과 잔인한 대조를 이룬다. 그 사실을 다시 한 번 확인한 순간, 남자는 한여름의 후덥지근한 열기가 가져다주는 짜증스러운 나른함으로부터 조금 벗어난다.

여자의 머리는 아주 엷은 하늘색이다. 여자는 허리까지 내려오는 하늘색 머리카락들을 잔물결처럼 웨이브지게 퍼머하여 안개꽃 다발처럼 부풀려 놓았다. 안개 낀 새벽 숲의 몽롱한 풍경을 연상시키는, 솜사탕 같기도 하고 새털구름 같기도 한 풍성한 머리카락 더미가 여자의 작은 얼굴을 휘감듯 에워싸고 있다. 불에 슬쩍 끄슬리듯 퍼머된 머리카락들을 다시 촘촘한 브러시로 이리저리 어지럽게 헝클어 놓아, 머리카락 더미의 부피가 여자

얼굴의 다섯 배는 넘어 보인다.

머리카락 색깔이 아주 엷은 하늘색이라서 여자의 창백한 얼굴빛과 스산한 조화를 이루고 있다. 한 가지 색깔로 된 헤어스타일의 단조로움에 악센트를 주려고 그랬는지, 머리카락 더미 사이엔 빨간색, 파란색, 노란색 등 여러 가지 무지개 빛깔의 파스텔 색조로 된 동그란 막대기들이 금빛 리본에 묶여 꽂혀 있다.

여자의 눈두덩에 칠해진 아이섀도도 머리카락 색깔과 똑같은 엷은 하늘색이고, 엄청나게 길고 두텁게 붙인 인조 속눈썹도 엷은 하늘색이다. 입술에 칠해진 립스틱도 엷은 하늘색이고, 두 눈에도 엷은 하늘색 콘택트렌즈가 끼워져 있다. 여자의 뺨에는 머리카락 색깔보다 약간 짙은 하늘색 볼연지가 칠해져 있어, 여자의 얼굴을 얼음처럼 차갑게 보이게 한다.

여자가 걸치고 있는 옷은 흡사 맨몸뚱이 위에 비닐 코팅을 해놓은 것처럼 보인다. 그래서 여자의 가늘고 날씬한 몸매가 햇빛에 반짝거리며 눈부신 섬광(閃光)을 만들어내고 있다. 속이 비치도록 얇은 셀로판지 같은 느낌의 비닐로 된 여자의 옷은, 어깨끈 없이 젖가슴에서부터 종아리 언저리까지 몸에 착 달라붙어 내려오는 민소매 원피스 스타일로 되어 있다.

타이트하게 꽉 끼는 원피스는 속살이 다 비치도록 투명한 가운데 얼룩말 무늬의 다양한 색채를 은은하게 뿜어내고 있다. 각기 다른 색깔로 된 띠 모양의 가로 줄무늬가 위에서 아래로 아홉 개 이어진 형태로 디자인되어 있는데, 그래서 마치 삼색기(三色旗)를 세 개 위아래로 잇대놓은 것처럼 보인다.

아홉 가지 색깔은 위에서부터 다섯 단까지는 손톱에 칠해진 매니큐어 색깔과 같다. 즉 옅은 연두색, 옅은 녹두색, 옅은 파란색, 옅은 보라색, 옅은 노란색의 다섯 색깔이다. 그리고 그 아래 부분은 옅은 분홍색, 옅은 황금색, 옅은 회색, 옅은 갈색으로 되어 있다.

머리카락 더미에 감춰진 여자의 양쪽 귀에서 기다란 귀걸이가 삐져나와 젖가슴까지 늘어져 내려오고 있다. 여러 가지 색깔의 작은 보석들을 이어 붙인 수십 가닥의 줄이 폭포수처럼 흘러내려 시원한 느낌을 준다.

여자의 왼쪽 팔과 손목에는 반투명의 플라스틱으로 만들어진 단순한 디자인의 두텁고 커다란 암릿과 팔찌가 둘려 있다. 암릿은 파란색이고 팔찌는 노란색이다. 또 오른쪽 팔목에는 갖가지 색깔의 가느다란 플라스틱 링이 수십 개 걸려 있다.

왼손엔 다섯 개, 오른손엔 여덟 개의 반지가 끼워져 있는데, 변화를 주려고 그랬는지 플라스틱이 아니라 금속성 재료에 복잡하고 정교한 문양이 세공된, 길쭉하면서도 두텁게 솟아오른 모양의 반지들이다.

여자의 왼쪽 발목에는 삼각형, 사각형, 오각형, 원, 타원 모양의 가느다란 황금 발찌들이 수십 개 둘려 있다. 수십 개의 발찌는 여자가 발을 움직거릴 때마다 철그럭 철그럭 경쾌하고 유량한 소리를 낸다.

여자의 두 발엔 반짝이는 비닐로 된 좁다란 띠 하나가 발등을 가로지나가는, 송곳같이 가늘고 높은 굽의 뾰족 샌들이 아슬아슬하게 매달려 있다. 왼발에 신은 샌들에는 살구색 띠가, 오른발에 신은 샌들에는 연두색 띠가 짝짝이로 둘려 있어 이채로운 느낌을 준다.

앞으로 뻗어 나와 고개를 숙이고 있는 긴 발톱들에는 모두 다펄 섞인 황금색 매니큐어가 칠해져 있다. 열 개의 발톱은 작열하는 태양빛을 받아 눈부신 금빛 반사광(反射光)을 만들어낸다.

여자가 핸드백을 열기 시작한다. 손톱이 길게 뻗어 나와 있는 오른손 엄지손가락과 검지손가락 끝마디를 사용하여 불편하고 위태롭게, 그러나 교묘하게 핸드백 잠금쇠를 푸는 여자의 모습은 신기(神技)에 가깝다. 남자는 여자가 핸드백을 여는 모습을 지켜보면서, 나른한 권태감으로부터 다시 한 번 잠시 벗어나는 자신을 느낀다.

여자는 핸드백 안에서 선글라스를 꺼내 쓴다. 알이 하나밖에 없는 새빨간 색깔의 외알 선글라스다. 무테로 된 동그란 렌즈 한 쪽은 가느다란 금철사로 귀에 연결돼 있고, 다른 쪽은 콧등 위의 받침대에 연결돼 있다. 받침대는 작은 호랑나비 모양으로 되어 있는데, 그것 자체만으로도 유니크한 액세서리 효과를 낸다.

흔히 볼 수 있는 까만색이나 파란색 선글라스가 아니고 또 독특한 디자인의 외알 선글라스라서, 남자는 다시금 희미한 관능의 떨림을 느낀다. 그러나 관능의 떨림보다는 더위에 따른 불쾌한 나태감이 남자를 훨씬 더 세게 덮쳐와, 남자는 금세 시들한 표정으로 돌아간다.

두 사람은 계속 정지된 자세로 앉아 있다. 빨간색 외알 선글라스를 쓴 여자는 땀 한 방울 흘리지 않고, 허리를 꼿꼿하게 편

자세로 정면을 물끄러미 응시하고 있다.

남자가 맥주를 한 모금 마신다.

여자도 콜라를 한 모금 마신다.

여자는 말없이 한참 동안 남자의 얼굴을 바라본다.

여자가 자기 머리에 꽂혀 있는 여러 개의 동그란 막대 모양의 장식 가운데서 하나를 뽑아낸다. 그러고 나서 핸드백 안에서 길쭉한 은제(銀製) 담뱃대를 꺼낸다. 담뱃대를 죽죽 늘여 길게 빼내자 아주 긴 장죽 모양의 담뱃대가 된다. 여자는 담뱃대 구멍에 막대 모양의 장식을 끼운다.

남자가 조금 흥미로운 눈길로 여자의 입에 물린 담뱃대와 거기에 끼워져 있는 막대 모양의 장식을 들여다본다. 그리고는 막대 모양의 장식이 빨간색 종이로 말린 담배라는 것을 알아차린다. 아까 머리카락 수풀 속에 꽂혀 있을 때는 황금색 리본으로 묶여 있어 담배인 줄 몰랐었다.

남자는 잠시 재미있어하는 표정을 짓다가 이내 시큰둥해하면서 거리 쪽을 바라본다.

여자가 이번에는 핸드백에서 남자 성기 모양의 라이터를 꺼낸다. 그러고 나서 역시 힘겨우면서도 교묘한 손놀림으로 라이터를 켠다. 그리고 입에 문 담뱃대 끝에 꽂힌 담배에 불을 붙이려 한다. 그러나 담뱃대가 너무 길어 손이 닿지 않는다.

여자는 잠시 생각에 잠겼다가 남자에게 눈짓으로 조력을 구한다. 남자가 여자한테서 라이터를 받아 담뱃불을 붙여준다.

여자는 연기를 몇 모금 빨아들이고 나서 담뱃대를 남자에게 건네준다. 남자는 고개를 가로저으며 그냥 계속해서 피우라는 눈짓을 보낸다.

조금 있다가 남자가 여자의 머리카락 더미에서 노란색 담배 한 개비를 뽑아 입에 문다. 여자가 성기 모양의 라이터로 남자의 담배에 불을 붙여준다.

두 사람은 정면을 바라보며 아주 천천히 담배 연기를 빨아들였다가 더 천천히 내보낸다.

여자가 담배를 피우고 있는 모습은 무척이나 선정적이다. 담뱃대를 쥐고 있는 손가락의 좁고 긴 손톱들이 가늘고 긴 담뱃대와 썩 잘 어울린다.

여자는 담배를 다 피우고 나서 꽁초를 뽑아 땅바닥 위에 버린다. 그리고는 뾰족구두의 송곳 같은 굽으로 꽁초 한가운데를 짓누른다. 담배는 구멍만 뚫렸을 뿐 채 꺼지지 않고 그대로 계속해서 한참 동안 타들어간다.

남자가 담배를 다 피우고 나서 꽁초를 여자의 뾰족구두 근처에 버린다. 여자가 송곳 같은 굽으로 꽁초 한가운데를 꿰뚫은 후 한참 동안 누른다. 그러나 담배는 채 꺼지지 않고 그대로 계속해서 타들어간다.

한참 동안의 정적.

남자가 여자의 머리에서 이번엔 파란색 담배 한 개비를 뽑아 입에 문다. 여자가 아까와 똑같이 라이터로 불을 붙여준다.

남자가 담배를 다 피우고 나서 여자의 뾰족구두에서 멀리 떨어진 바닥 위에 버린다.

여자가 자리에서 일어나 꽁초가 있는 곳으로 간다. 그리고 송곳 같은 구두 굽으로 꽁초 한가운데를 세게 두세 번 뚫는다. 그런데도 담배는 채 꺼지지 않고 계속해서 타들어간다.

남자는 다시 또 긴 간격을 두고 여자의 머리에 꽂혀 있는 담배 두 개비를 더 피운다. 그러고 나서 남자는 이젠 재미없다는 표정을 하며 시무룩한 얼굴로 되돌아간다.

한참 있다가 여자가 남자의 어깨에 머리를 기댄다. 남자는 미동도 하지 않고 계속 정면만 바라보고 있다.

다시 또 한참 동안의 정적.

여자가 남자의 손을 쥔다. 그리고 자기가 입고 있는 옷 맨 아래쪽 열은 갈색 줄무늬 부분으로 가져간다.

여자는 남자의 손으로 원피스 맨 아랫단 가로줄무늬 부분의 비닐을 뜯어내게 한다.

마치 붕대가 풀어지듯 아랫단이 쉽게 뜯어져 나온다. 가로 두른 띠와 띠 사이를 접착제로 살짝 연결시켜 놓았기 때문에 뜯어내기 쉬운 것 같다.

남자가 조금은 재미있다는 표정을 하며 빙그레 웃는다. 하지만 어쩐지 억지스러워 보이는 웃음이다.

잠시 후 남자가 아까 뜯어낸 부분 바로 위에 있는 열은 회색 비닐 띠를 뜯어낸다.

잠시 후 여자가 그 위의 열은 황금색 띠를 뜯어낸다.

그래서 여자의 아랫도리는 아주 짧은 미니스커트 모양으로 된다.

남자는 여자의 드러난 허벅지를 한참 동안 응시한다. 오른쪽 허벅지엔 푸른색 장미 한 송이가 정교하게 수놓아져 있다. 아마도 일회용 문신 스티커를 붙여놓은 것 같다.

여자가 남자에게 옷을 더 뜯어내라는 눈짓을 보낸다.

남자는 잠시 주저하다가 여자의 사타구니 바로 아래에 둘러진 옅은 분홍색 비닐 띠를 하나 더 뜯어낸다.

그래서 여자의 아랫도리는 지독하게 짧은 노란색 미니스커트가 되고, 팬티를 입지 않은 여자의 살이 거의 다 드러나 보일 정도가 된다.

여자의 얼굴에 재미있다는 표정이 스치고 지나가고, 남자의 얼굴에도 약간 흥분된 표정이 스치고 지나간다.

여자가 한쪽 다리를 들어 다른 쪽 허벅지 위에 걸쳐놓아 드러난 살을 아슬아슬하게 감춘다. 남자의 얼굴에 조금 실망스러운 표정이 스치고 지나간다.

남자가 기계적인 동작으로 한쪽 팔을 들어 여자의 어깨를 건성으로 감싼다. 그런 자세로 두 사람은 말없이 한참 동안 정면을 주시하고 있다.

시간이 꽤 흐른 후, 여자가 이번에는 윗도리 맨 위쪽에 있는, 젖가슴을 반쯤 가리며 가로 지나가는 옅은 연두색 비닐 띠를 뜯어낸다.

조금 있다가 남자가 심상한 표정으로 그 아래쪽 옅은 녹두색 비닐 띠를 뜯어낸다.

그래서 여자의 옷은 젖가슴이 온통 다 드러나는 토플리스(topless) 형태의 의상이 된다. 복부를 두르고 있는 띠가 살에 찰싹 달라붙어 아래로 흘러내리지 않는 걸 보니, 굉장히 수축력이 강한 비닐로 만들어진 것 같다.

남자가 여자의 어깨에 느릿느릿 게으르게 키스한다.

여자도 남자의 목을 혀끝으로 느릿느릿 게으르게 핥는다.

키스가 끝난 후 두 사람은 다시 또 오랫동안 정적 속에 잠긴다.

한참 뒤, 여자가 포옹을 풀고 남자에게서 떨어진다. 그러고는 머리 위의 담배를 뽑아 입에 물고 불을 붙인다. 여자는 아주 천천히 담배 연기를 내뿜는다.

담배를 다 피우고 난 후, 여자는 남자의 손을 잡아끌어 자기의 하복부로 가져간다. 남자는 손바닥을 펼쳐 여자의 아랫배를 천천히 쓰다듬어준다. 하지만 어쩐지 어색하고 성의 없는 손놀림이다.

여자가 남자의 손을 끌어 배꼽을 덮고 지나가는 옅은 보라색 줄무늬의 비닐 띠를 뜯어내게 한다. 남자는 느린 동작으로 여자의 복부를 가로 지나가는 옅은 보라색 비닐 띠를 뜯어낸다.

여자의 배꼽과 복부의 하얀 맨살이 교태스러운 모습을 드러낸다. 배꼽에 박혀 있는 청록색 보석이 햇살을 받아 반짝 빛난다.

띠 모양의 가로줄무늬 비닐을 뜯어낼 대로 뜯어낸 여자의 옷은, 이제 벌거벗은 알몸뚱이에 부착된 액세서리 정도로 된다. 위쪽엔 젖가슴 아래로 옅은 파란색 비닐 띠가 착 달라붙어 둘러 있고, 아래쪽엔 옅은 노란색 비닐 띠가 치부를 살짝 가리며 역시 착 달라붙어 둘러 있다.

지쳐 있던 남자의 눈동자가 한결 기운을 되찾으면서, 남자는 한쪽 팔을 뻗어 거의 나체 상태가 된 여자의 몸뚱어리를 껴안는다.

한참 동안 껴안고 있으려니 여자의 뜨거운 체온이 불유쾌한 열기로 전달돼 온다. 남자는 여자의 몸뚱어리에 둘렀던 팔을 거둬들이고 다시금 시무룩한 표정이 된다.

여자도 이젠 완연히 시무룩한 표정이 된다. 다시 또 한참 동안의 정적.

남자가 남아 있던 맥주를 마저 마신다.

여자도 남아 있던 콜라를 마저 마신다.

남자가 여자의 머리카락 더미에서 담배 한 개비를 뽑아 입에 문다. 이번엔 여자가 불을 붙여주지 않는다.

포즈(pause), 포즈(pause), 포즈(pause).

여자가 남자의 어깨에 다시 머리를 기댄다.

그러고는 나직한 목소리로 중얼거리듯 말한다. 너무 답답해요, 어디 멀리 시원한 데로 가요.

남자가 나직이 웅얼거리듯 말한다. 내가 여자라면 고드름을 가지고 자위행위를 해볼 테야.

여자가 다시 나직한 목소리로 중얼거리듯 말한다. 너무 답답해요, 시원한 데로 가요.

남자가 나직이 웅얼거리듯 말한다. 당신 손톱은 고드름처럼 길어.

여자가 다시 나직한 목소리로 말한다. 너무 답답해요, 시원한 데로 가요.

[1996]

[시극(詩劇)]

서기 2200년

무대 위엔 한 남자와, 우글거리는 전라(全裸)의 미녀들이 있다.

남자는 스스로 아무 일도 하지 않는다.
관능적인 몸맵시를 자랑하는
요염하기가 뼈에 사무실 정도의 여인들이 방안에 가득히 우글거리며
온몸으로 그를 도와주며 또 스스로들 서로가 즐기고 있다.

아침
한 여자가 입 안에 치약을 묻히고

※ 이 작품은 '시극(詩劇)'이다. 시극이란 대사가 운문으로 된 희곡이 아니라 작품 전체의 뭉뚱그려진 분위기가 상징적 암시성과 계시성(啓示性)을 가지고 있는 것이어야 한다고 나는 생각한다. 시극에서 필요한 것은 언어가 아니라 꿈과 현실 사이에 다리를 놓아주는 '보디랭귀지(body language)에 의한 관능적 판타지'이며, 따라서 이 작품을 무대화(또는 영상화)할 경우 연출자나 배우는 반드시 관능적 상상력이 발달한 '야한 사람'이어야 한다.

온 혀로 그의 이빨을 열심히 문지르고 있다.
그와 꼭 밀착돼서 꼭 껴안은 채 그의 양치질은 시작된다.
되새김한 물은 다른 여자의 입이 받으며
마지막 남은 약간의 치약기는 또 다른 여자가 이빨 사이사이를 빨아들이며 강렬하게 탈수시킨다.
그의 상쾌한 양치질이 끝나자
팽팽한 유방에 비누를 묻힌 여자가 세수하는 것을 도와주러 들어온다.
높고 넓은 풍성한 가슴으로 그의 얼굴을 열심히 비벼대며
세수를 시키는데 눈 주위나 귓가의 세밀한 곳은 젖꼭지가 큰 몫을 해낸다.
눈곱을 떼다 그의 눈알을 찌른 그 여자의 젖꼭지를 그는 더 이상 사용하기 꺼려한다.

얼굴 마사지가 끝난 후
여인들의 알몸뚱이가 교묘히 식탁을 만들고
그 위에 한 여자의 온몸이 접시 역할을 하는 아침식사가 들어온다.
유방 가득히 초콜릿이 묻어 있고
군데군데 박혀 있는 건포도가 그의 혀를 헛갈리게 한다.
그가 초콜릿을 빨아먹다 얼굴에 묻힌 초콜릿은 다른 여자가 핥아먹는다.
배꼽을 가린 딸기 잼에 비스킷을 찍어 먹으며
양 허벅지 사이에 찰싹 죄게 끼고 있는 주스도 빨아먹는다.

그녀의 입 속에는 앵두가 가득 담겨 있기에 하나하나씩 빼 먹었고

발가락 사이에 낀 사탕 중에 하나를 골라 빨아먹었다.

그는 더 이상은 먹지 않는다.

어젯밤에 여러 여자들을 먹었기에 기분 좋게 배가 부르기 때문이다.

한 여자는 초록색 기저귀만 차고 있으며

어떤 여자의 팬티는 음모가 군데군데 삐져나오게

구멍이 뻥뻥 뚫려 있다.

맨몸에 빨간 장갑. 맨몸에 긴 빨간 양말만 신고 있는 여자. 갈가리 찢겨 나간 은색 스타킹.

알몸에 여우털을 두르고 있는 여자.

몸에 딱 붙는, 배꼽이 들어가고 젖꼭지가 나온 것까지 보일 정도로 육제의 볼륨을 느낄 수 있는 검정 가죽옷.

속이 훤히 들여다보이게 황금빛 그물을 몸에 걸치고 있는 여자 등등.

완성된 옷들을 보고 그들은 서로 웃는다.

너무나도 즐거운 웃음이다.

그의 옷은

그곳만 가려져 있었는데 발기할 때를 대비해서 특수 장치가 되어 있었다.

그의 페니스가 발기할 때는 옷에 부착된 꽃이 활짝 펴져 피어나도록 되어 있다.

여자들은 그 꽃을 보기 위해 그를 간질인다.
그들은 그런 옷들을 입고 저녁 파티를 마련한다.
사람의 해골 요리.
사람의 발바닥 요리.
사람의 내장 볶음.
가지각색의 향기로운 술 등등, 마음껏 마시고 즐기며
서로가 서로를 무자비하게 탐닉한다.

그 또한 취해 영계(靈界)를 왔다 갔다 하듯 기세 좋게 해롱거리고 있다.
그는 색색 가지 페인트를 가져오게 해서
벽을 천장에서 바닥까지 검정 페인트로 새까맣게 칠하도록 명령한다.
음식을 차린 식탁과 방안에 보이는 모든 물건들은 노랑색으로 범벅을 했으며
여인들도 하나하나씩 흰색, 핑크색, 파랑색, 빨강색, 초록색 등으로 머리끝에서 발끝까지 칠해 버렸다.
그리고 그는 자기 자신만이 로봇이 아닌 살색 인간이라는 것을 만족해한다.

[1989]

마광수

[약력]

- 연세대학교 국어국문학과 및 동 대학원 졸업(문학박사)
- 홍익대학교 교수 역임
- 현재 연세대학교 국어국문학과 교수

[주요 저서]

- **문학이론서** : 『윤동주 연구』(정음사, 1984 / 철학과현실사, 2005), 『상징시학』(청하, 1985 / 철학과현실사, 2007), 『심리주의 비평의 이해』(편저, 청하, 1986), 『마광수 문학론집』(청하, 1987), 『카타르시스란 무엇인가』(철학과현실사, 1997), 『시학』(철학과현실사, 1997), 『문학과 성』(철학과현실사, 2000), 『삐딱하게 보기』(철학과현실사, 2006), 『연극과 놀이 정신』(철학과현실사, 2009)
- **시집** : 『광마집(狂馬集)』(심상사, 1980), 『귀골』(평민사, 1985), 『가자, 장미여관으로』(자유문학사, 1989), 『사랑의 슬픔』(해냄, 1997), 『야하디 얄라숑』(해냄, 2006), 『빨가벗고 몸 하나로 뭉치자』(시대의 창, 2007)
- **에세이집** : 『나는 야한 여자가 좋다』(자유문학사, 1989), 『사랑받지 못하여』(행림출판, 1990), 『열려라 참깨』(행림출판, 1992), 『자유에의 용기』(해냄, 1998), 『자유가 너희를 진리케 하리라』(해냄, 2005), 『마광쉬즘』(인물과사상사, 2006), 『나는 헤픈 여자가 좋다』(철학과현실사, 2007)
- **문화비평집** : 『왜 나는 순수한 민주주의에 몰두하지 못할까』(사회평론, 1991), 『사라를 위한 변명』(열음사, 1994), 『이 시대는 개인주의자를 요구한다』(새빛, 2007), 『모든 사랑에 불륜은 없다』(에이원북스, 2008)
- **철학적 장편 에세이** : 『성애론』(해냄, 1997), 『인간』(해냄, 1999), 『비켜라 운명아, 내가 간다!』(오늘의 책, 2005)
- **장편소설** : 『권태』(해냄, 1990), 『광마일기』(사회평론, 1990), 『즐거운 사라』(청하, 1992), 『불안』(리뷰앤리뷰, 1996), 『자궁 속으로』(사회평론, 1998), 『알라딘의 신기한 램프』(해냄, 2000), 『광마잡담(狂馬雜談)』(해냄, 2005), 『로라』(해냄, 2005), 『유혹』(해냄, 2006), 『발랄한 라라』(평단문화사, 2008), 『귀족』(중앙 books, 2008)

- **홈페이지** : www.makwangsoo.com

연극과 놀이 정신

▪

2009년 1월 15일 1판 1쇄 인쇄
2009년 1월 20일 1판 1쇄 발행

지은이 / 마 광 수
발행인 / 전 춘 호
발행처 / 철학과현실사
서울시 종로구 동숭동 1-45
전화 579-5908 · 5909
등록 / 1987.12.15.제1-583호

ISBN 978-89-7775-679-3 03800
값 12,000원